LA LLAVE

LA LLAVE

FEBE JORDÀ

GRUPO NELSON
Una división de Thomas Nelson Publishers
Desde 1798

NASHVILLE DALLAS MÉXICO DF. RÍO DE JANEIRO BEIJING

Publicado en Nashville, Tennessee, Estados Unidos de América.
Grupo Nelson, Inc. es una subsidiaria que pertenece completamente a Thomas Nelson, Inc.
Grupo Nelson es una marca registrada de Thomas Nelson, Inc.
www.gruponelson.com

ISBN: 978-1-60255-102-2

Nota del editor: Esta novela es una obra de ficción. Los nombres, personajes, lugares o episodios son producto de la imaginación del autor y se usan ficticiamente.
Todos los personajes son ficticios, cualquier parecido con personas vivas o muertas es pura coincidencia.

Impreso en Estados Unidos de América

3ª Impresión, 07/2008

Dedicatoria

A mi padre, a mi madre, por su cercanía y apoyo constantes y por mostrarme el camino de la Vida.

Contenido

Agradecimientos

En primer lugar a Héctor José, mi marido, que me animó en todo momento y me facilitó las condiciones para poder trabajar, y a mis hijos Sara, Anna, Josep y David, que sufren el tener una madre soñadora.

A mis tres hermanas y a los buenos amigos que apostaron por mí y se interesaron continuadamente por la marcha de mi trabajo.

A Eugenio Orellana, que con su fe inquebrantable y sus cariñosas y alentadoras palabras no me permitió abandonar, y a Carolina Galán, que corrigió con paciencia mis escritos.

Y al Señor, que facilitó el pequeño milagro que era necesario para que esta humilde obra saliera a la luz.

Personajes

Ainod: Joven soldado del ejército filisteo
Baal-zebud: Uno de los dioses del pueblo filisteo
Dagón: Uno de los dioses del pueblo filisteo
Dalila: Joven filistea, protagonista de esta historia
Finei: Artesano de la cerámica, marido de Qala
Galiot: Rey de la ciudad filistea de Ascalón
Ikasu: Padre de Dalila, capitán del ejército filisteo
Isded: Rey de la ciudad filistea de Gat
Jalied: Príncipe y capitán del ejército filisteo
Margón: Rey de la ciudad filistea de Gaza
Medi: Hija de Qala
Numar: Hermano de Dalila
Padi: Rey de la ciudad filistea de Ecrón
Qala: Vecina del valle de Sorec
Rigat: Capitán del ejército filisteo
Samai: Madre de Dalila
Sansón: Juez y guerrero israelita, de la tribu de Dan
Talir: Comerciante de Gaza
Umki: Abuela de Dalila, madre de Samai
Yadir: Rey de la ciudad filistea de Asdod
Yahira: Prostituta de la ciudad de Gaza

1

Dalila

I

Mientras se arregla para la fiesta, Dalila hace una pausa dejando caer los brazos sobre la falda. En la mano derecha sostiene la pintura con la que se ha estado adornando los ojos. Se mira en el espejo de plata bruñida regalo, tiempo atrás, de un capitán del ejército filisteo por los servicios prestados, las deslealtades permitidas, la traición.

Sus ojos se encuentran con la imagen de una mujer joven aún, de quien no puede sostener la mirada, de manera que baja la vista. Se siente mal, aunque no en el cuerpo. Algunas finas arrugas empiezan a dibujarse entorno a sus párpados, aunque todavía su piel es suave y fresca, y su figura, sana, esbelta y delicada. Pero en este momento, con los hombros caídos, a pesar del hermoso vestido azul que le ciñe por debajo del pecho, se sabe horrible, con fealdad en el alma, esa fealdad que se puede disimular a los ojos de todos menos a los de una misma.

Desvía los ojos hacia la ventana. Luce un sol radiante, pero el día es ventoso. Los pinos que se encaraman por la montaña parecen querer escaparse del valle de Sorec. Agitan sus ramas como brazos alzados al cielo pidiendo ayuda. Los renuevos son como finas agujas de color verde claro y se aprecian nítidamente los brotes que más tarde se convertirán en piñas. Los olores son tan intensos, tan cercanos gracias al viento, que a Dalila le parece que puede realizar un recorrido vertiginoso por todo su alrededor: cierra los ojos y se encuentra en medio del pinar; un instante después huele a romero fresco y percibe el delicado olor de las violetas; ahora pasea entre los naranjos en flor… y siente ganas de llorar.

Vuelve la cabeza al interior de la casa. Abre los ojos y vuelve a mirar el espejo; se yergue, se acerca y sigue acicalándose. Primero recoloca uno de sus negros rizos en la cinta dorada que le pasa por la frente y luego, con movimientos lentos, prosigue con la pintura en los párpados, por encima de las pestañas y finalmente rodeando el ojo.

La fiesta es en el templo de Dagón, aquel dios con cuerpo de animal y cabeza y manos de hombre al que su pueblo adora con tanta devoción. Aunque aún faltan muchas horas, sabe que no puede perder tiempo, pues tiene un largo camino por delante. Debe llegar a Tel Qalin.

Dalila se detiene una vez más. Con la mirada perdida más allá del espejo le viene al corazón el vago recuerdo de su madre, y partiendo de ahí, las imágenes más claras y nítidas de su infancia y su primera juventud.

II

Nací en Gaza, una de las cinco principales ciudades filisteas, la más cercana a Egipto desde Canaán, lo que la convertía en una parada importante en las rutas de las caravanas. Está situada en una fértil llanura y en cualquier rincón, en cualquier plaza o esquina, puedes encontrar pinos, palmeras, olivos, retama o tomillo. ¡Cómo me gusta aspirar los intensos olores de las plantas! Enmi vecindario, los habitantes eran principalmente comerciantes y artesanos, tanto de la cerámica como de los metales, y dominaban técnicas desconocidas por los otros habitantes de la región: las tribus de Israel y el resto delos pueblos cananeos.

Me crié oyendo, durante el día, el repiqueteo constante de las mazas sobre los yunques de los fabricantes de espadas, escudos, mallas y toda clase de útiles para la guerra.

Mi padre siempre me decía: «Dalila, fíjate qué buenos maestros artesanos son nuestros armeros. ¡No encontrarás otros como ellos en ninguna parte! Te lo digo yo, que conozco muchos lugares y me las he tenido que ver con armas de todas clases. ¡Vayas donde vayas no hay nada parecido! La resistencia del hierro no tiene comparación con los otros metales usados desde la antigüedad. ¿Sabes, pequeña? ¡Nosotros seremos invencibles!». Y después de comentarios parecidos estallaba en sonoras carcajadas. Porque mi padre era soldado, capitán del ejército del rey Margón. De la buena calidad de las armas dependía su vida en las batallas.

Pero cuando yo paseaba con él y me acercaba a los talleres de los artesanos, prefería mirar otros utensilios, mucho más interesantes para mí que aquellas pesadas espadas y mallas que mi padre admiraba tanto. Me gustaban las escudillas, los clavos, los adornos, mucho más de acuerdo con mi tamaño.

—¿Por qué te gustan tanto las espadas? —le preguntaba —. Mamá dice que son peligrosas.

—Son peligrosas si no sabes usarlas —me decía, mirándome con ojos divertidos—, pero no lo son si practicas su manejo. Además son necesarias para las batallas.

—¿Por qué son necesarias para las batallas?

Mientras hablábamos, yo le miraba con verdadero interés, alzando la cabeza, pensando que una persona tan alta como mi padre sin duda sabía lo que se decía.

—Porque si quieres vencer al enemigo necesitas no sólo las mejores espadas sino todo lo mejor en cuanto a armas y protección.

—¿Quién es el enemigo, papá? —insistía en preguntar.

—Pues los danitas por ejemplo, de las tribus de Israel, y los cananeos…

Yo reflexionaba en silencio, al caminar tomada de su mano o mirando los objetos de las tiendas de los comerciantes.

—¿Y por qué mejor no nos hacemos amigos de todos, papá?

En este punto, mi pobre padre se desesperaba conmigo, aunque me regalaba su mejor sonrisa y me acariciaba la mejilla o la cabeza con sus manos grandes y ásperas. ¿Cómo iba yo a comprender, con cuatro o cinco años de edad, que como soldado filisteo él estaba empeñado en ganar terreno desde el Mar Grande hasta mucho más allá de las montañas? Los filisteos, pueblos venidos del norte por ese mar de poniente, queríamos no sólo instalar nuestras ciudades en la franja costera, sino adentrarnos en el territorio más allá del gran río y del Mar Salado. Así que mi padre solía terminar nuestras conversaciones sobre armas con expresiones tales como: «Dalila, tú eres muy pequeña para comprender estas cosas, pero confía en mí, que sé cómo van las cosas de la vida».

Y yo me quedaba tranquila porque me lo decía mi papá y porque, cuando me hablaba de estos y otros temas complicados, me miraba muy adentro a los ojos y me abrazaba.

Vivíamos en una casa cedida por el ejército a mi padre en la muralla de la ciudad, cerca de una de las grandes puertas. El centro de la casa lo constituía un patio con una higuera joven y una parra que trepaba por la pared del sur y que, avanzando en forma de tejadillo, ofrecía sus primeros racimos a finales del verano. Aquella casa albergaba mi mundo más querido pues era, sobretodo, el lugar donde mi madre me envolvía con su cariño, sus risas y sus canciones.

¡Era maravilloso volver a casa con mi padre cuando él no estaba de campaña y oír ya desde cierta distancia la voz dulce y clara de mi madre! Mi padre sonreía de felicidad y gratitud mientras nos acercábamos y, aún siendo como era un hombre rudo, tenía a la vez un gran corazón lleno de amor por su familia.

Aquellos días en que estábamos todos las comidas eran alegres. Yo ayudaba a mi madre, deseosa de complacerla. «¡Dalila, prepara la mesa para la cena!», me decía. Y yo extendía sobre la madera el lienzo nuevo que usábamos cuando mi padre estaba en casa, y luego colocaba las copas y las vasijas con fruta, pan, olivas y leche. Mi madre sonreía y me decía: «Muy bien, estás hecha toda una matrona de la casa». Y yo, entonces, feliz, canturreaba las mil y una canciones que ella me había enseñado desde que nací, las mismas que me han acompañado después, sobre todo en los momentos de mayor tristeza. Mi corazón las recordaba para acunarse y tratar de aliviar el dolor.

Una mañana de primavera mi madre se encontró indispuesta. Hacía varias semanas que mi padre había salido al servicio del rey. Yo me asusté.

—Mamá —le dije—. ¿Qué te pasa? ¿Llamo a la vecina?

Pero ella me sonrió, así que me tranquilicé.

—No te preocupes, Dalila, que este malestar que siento no es porque estoy enferma.

Me la quedé mirando fijamente.

—¿Ah, no? ¿Y por qué vomitas?

—Te parecerá mentira —me dijo—, pero en realidad está ocurriendo algo maravilloso.

Yo no sabía qué pensar, pero siendo tan niña y viendo su expresión, confiaba y sabía que no me engañaba. La noticia maravillosa era que para el invierno mi madre tendría un bebé.

—¿Qué te parece esto de tener un hermanito o una hermanita? —me preguntó.

Yo no supe qué contestar. No me parecía ni bien ni mal, pero la idea me resultó un poco chocante: nuestra familia la formábamos tres personas, aunque en verdad éramos sólo dos, y mi padre cuando venía, porque en realidad pasaba más tiempo ausente que con nosotras.

—No estaría mal —decidí después de pensar un momento—. ¿Alguien más en la familia? No estaría mal. Recuerdo aquel verano no como una sucesión de hechos concretos sino como una atmósfera de paz, alegría y expectación. Por las tardes mi madre se sentaba debajo de la higuera hasta que el sol se ponía, y yo permanecía cerca de ella, a veces jugando, otras veces trepando al árbol, y siempre hablando de todo lo que se me ocurría.

III

El sol se había puesto y el cielo adquiría aquel tono anaranjado tan intenso que te hace dejar lo que estés haciendo para contemplarlo. Era un otoño cálido. Dalila jugaba en el patio, y el suelo, las paredes, la higuera, todo, se había teñido de ese color que a ella le parecía mágico. Desde las cosas más cercanas sus ojos se elevaron al cielo y su intención inmediata fue llamar a su madre. Pero se detuvo. Ella escuchaba atentamente lo que decía su padre, y su cara se entristecía por momentos.

—Samai, no llores —decía éste, pasando con suavidad los dedos por su cara para recoger una lágrima—. Sabes que esto es así y no puedo hacer nada. Si el rey me manda llamar, tengo que acudir.

—Ya lo sé, Ikasu, ya lo sé —decía la mujer, mirando con pesar a los ojos de su marido—. Pero había creído que estarías aquí cuando naciera nuestro hijo, puesto que será invierno. Normalmente es en verano cuando no estás…

—Samai, tienes que ser fuerte. Haremos llamar a tu madre y ella te acompañará el tiempo en que yo esté fuera. De todos modos, deberías ir acostumbrándote. Eres la esposa de un soldado.

Samai calló, se mordió el labio y, al desviar los ojos, vio que Dalila la miraba fijamente.

—Ven aquí, mi niña —le dijo.

Dalila se acercó, a la vez que preguntaba:

—¿Qué pasa? Papá, ¿qué le cuentas a mamá, que la pones tan triste?

Ikasu abrió sus grandes brazos y alzó del suelo a su hija.

—Le decía a mamá que tengo que estar fuera un tiempo.

—¿Otra vez? Siempre te vas… —contestó la niña con pesar y reproche en la voz.

—Los que sirven a un rey tienen que seguirle cuando éste lo requiere, ya sean soldados, músicos o cocineros. Y el rey me ha llamado.

—Dile que, por una vez, no puedes ir, que mamá se pone triste.

Su mirada era esperanzada, como si hubiera aportado la solución definitiva.

—Eso no se puede hacer, Dalila. Ser soldado y, además, capitán es un honor, pero implica ciertas obligaciones —respondió Ikasu, imprimiendo firmeza a su voz.

Dalila no entendió exactamente el significado de todas aquellas palabras, pero igualmente calló, porque sabía que, de todos modos, su padre marcharía. Cuando su padre la dejó en el suelo, se abrazó al cuerpo de su madre, apoyando la cabeza en su abultado vientre.

El rey Padi, de la ciudad de Ecrón, había convocado en el templo de Tel Miqne a los reyes de las otras ciudades filisteas, a sus generales y capitanes. Por eso Ikasudebía acudir con Margón, el rey de Gaza, formando parte de su séquito.

«Sé que me amas», pensaba Samai. «No te enojes conmigo. No puedo evitar llorar cuando me dices que te vas. Quieres ser duro, pero eres tierno. No me acostumbraré jamás a tu ausencia, y esta soledad me pesa mucho más ahora que espero un nuevo hijo».

—Ven, Dalila —la llamó su madre—. Ayúdame. Saca los platos que tienen pájaros pintados y las copas de bronce. Haremos una buena cena de despedida para papá.

Dalila se distrajo ayudando a su madre. Ikasu, mientras tanto, permanecía fuera, con la mano apoyada en la higuera, mirando cómo anochecía.

IV

Ecrón era una ciudad amurallada situada en lo alto de una colina. Diversas aldeas de alrededor dependían de ella, la más grande de las ciudades filisteas, y la que sea sentaba más al oriente de su territorio, lejos del mar y ya en las montañas que hacían frontera con la tierra que ocupaban las tribus israelitas.

Margón y su séquito se acercaban, montados en carros los de más alto rango, otros a lomo de imponentes caballos y a pie todos los demás. Sus cascos tocados con plumas brillaban al sol del mediodía mientras se acercaban por el camino bordeado de encinas, olivos y árboles frutales. Los habitantes del lugar los veían llegar y se inquietaban, aunque sabían que era su propio rey, Padi, quien les había mandado llamar. Tantos soldados, tantas armas, tantos carros de guerra siempre eran motivo de preocupación para el pueblo. Se preguntaban qué estaría ocurriendo y, más que eso, qué efectos podía tener para ellos. ¿Serían llamados los hombres y los jóvenes a formar parte del ejército? ¿Subirían de nuevo los impuestos para costear una nueva campaña bélica? Tanto soldado nunca traía cosas buenas.

Durante todo aquel día no sólo llegó el rey Margón, de Gaza, sino también los de las otras ciudades importantes: el rey Galiot, de Ascalón, al norte de Gaza; el rey Yadir, de Asdod; y el rey Isded, de Gat, así como los de los otros asentamientos filisteos repartidos por el territorio que dominaban.

Aquel día, avanzado ya el otoño, oscureció pronto, y las calles y los mesones de Ecrón se llenaron de pisadas y carcajadas inusuales. Las madres escondieron rápidamente a sus hijas y se recogieron pronto en las casas. Para ellas, su ciudad estaba tomada.

La convocatoria era a la mañana siguiente. Los sacerdotes de Tel Miqne cedieron el lugar a Padi para que efectuara la reunión en el templo. Antes del amanecer ya se habían acercado los generales y capitanes filisteos, y a la salida del sol llegaron los cinco reyes de las ciudades estado, así como los gobernantes de los asentamientos. Cuando cada uno ocupó su lugar, el anfitrión, el rey Padi, alzó una mano para pedir silencio y se dirigió a los allí presentes:

—Margón, Galiot, Yadir, Isded y demás hermanos filisteos. Salud y prosperidad sean para vosotros y vuestro pueblo —su voz sonó potente en medio del gran salón—. Gracias por vuestra presencia hoy aquí. Os he mandado reunir porque nuestra hora ha llegado. Así me lo confirman los sacerdotes de Dagón y de Astarot, y los fieles servidores de Baal-zebub.

El rey Padi hizo una breve pausa mientras paseabasu mirada por los presentes. Luego continuó:

—Nosotros, los pueblos venidos del mar buscando prosperidad para nosotros, nuestras esposas y nuestros hijos, nos hemos instalado con firmeza en esta buena tierra, llena de todos los recursos necesarios y otros que ni siquiera habíamos soñado. Donde había destrucción, hemos construido, y hemos amurallado nuestras ciudades que ahora son grandes y fuertes. Hemos cultivado los campos, y ahora disponemos de todo lo necesario para alimentar a nuestras familias y aún nos sobra para comerciar con otros pueblos. Hemos garantizado la paz de manera que los negocios se hacen en nuestra casa, y somos lugar de referencia para los comerciantes de muchos otros pueblos.

De nuevo el rey Padi se detuvo. Fijó por un instante sus ojos en cada uno de los reyes allí presentes, así como en los otros personajes principales. Todos estaban pendientes de sus palabras. Siguió diciendo:

—Y ahora hemos de crecer. Estas montañas que veis alrededor han sido hasta hoy nuestra frontera. Pero ha llegado el día de ir más allá, de ganar terreno para nuestros hijos y nuestros nietos, para hacer del pueblo filisteo un pueblo grande y de renombre entre los pueblos. Los habitantes de más allá de las montañas son las tribus israelitas de las cuales ya habéis oído hablar. No son guerreros, no tienen rey, sólo tienen un dios y, sobre todo, carecen de armas de la calidad de las nuestras. El hierro es poder, y el hierro está en nuestras manos; y nuestros artesanos armeros son los que nos proveerán de todo lo que necesitamos para esta gran empresa.

En el momento final de su parlamento, el rey Padi se irguió ligeramente en su asiento como si quisiera acercarse a cada uno de los que allí estaban, y prosiguió:

—Esto es lo que os propongo: avancemos a una contra estas tribus primitivas. Nuestros dioses y nuestra espada nos acompañarán, y venceremos.

Padi calló. Era el turno para que los otros reyes expresaran su opinión. El silencio se prolongó durante unos instantes, hasta que Margón habló:

—Oh, rey Padi. Tus palabras son siempre dignas de consideración y la grandeza de tus miras nos es guía en nuestro hacer. Propones al pueblo filisteo que se una en esta empresa formidable, de una gran ambición, pero llena de riesgos también —tomó aire sonoramente, antes de proseguir—. Soy hombre de guerra, así que mis palabras no surgen del temor a la batalla. Creo que debemos valorar lo que está en juego. Si nuestras ciudades son grandes, es precisamente por lo que tú, oh Padi, has señalado con acierto: las hemos hecho seguras y el comercio florece y nos enriquecemos. Las caravanas que bajan a Egipto pasan por nuestra tierra, y el comercio con los sirios hace escala en nuestras ciudades costeras. La pazes fundamental para nuestra prosperidad. Y mi opinión es que deberíamos meditar detenidamente sobre tu, por otra parte magnífica, propuesta.

De nuevo se hizo silencio. El rey de Gaza había expuesto lo que convenía también a Ascalón y Asdod. Habló ahora Isded, de Gat:

—Hermanos filisteos. Lo que Margón expone está lleno de razón y cordura. Su sabiduría es notoria entre todos nosotros y debemos prestar oído atento a sus palabras. Pero lo que Padi propone viene a garantizar nuestro futuro. ¿Quién asegura que esas tribus israelitas dispersas no se organizarán un día y se aliarán contra nosotros? —alzó los brazos, en un gesto que abarcaba a todos los presentes—. ¿No habéis oído que eran un pueblo esclavo en Egipto y escaparon del Faraón, cruzaron el desierto y se instalaron aquí, conquistando la tierra que ahora ocupan? Creo que la frontera es una cuestión que hay que abordar, pues en los últimos tiempos ha habido problemas.

—Apreciado Isded —intervino Yadir—, ¿a qué tipo de problemas te refieres? Las ciudades más interiores, debido a la vecindad con otros pueblos, se han visto siempre afectadas por conflictos, por otra parte inevitables, pues unos y otros en algún momento no respetan lo establecido tácitamente y tratan de ir más allá de lo permitido para obtener algún beneficio momentáneo. Esto es sabido y es algo con lo que contamos: bandas de saqueadores y hordas de bandidos se pasean por nuestro territorio. Pero procuramos mantenerlas a raya y en ocasiones nos hemos beneficiado de su actuar independiente para nuestros fines.

Un gobernante de uno de los pequeños asentamientos añadió su parecer con estas palabras:

—Hermanos filisteos, tratemos de ver la situación atendiendo a todas las circunstancias —interrogó con la mirada a los príncipes de las ciudades sin fortificar, buscando su aprobación—. Vosotros, los que vivís en la costa y en ciudades grandes y amuralladas no valoráis lo que aquí se está exponiendo: hay temor en nuestro pueblo no sólo de saqueos, sino de invasiones organizadas por parte de los israelitas. Mi propuesta es que nos adelantemos y seamos nosotros los que conquistemos estas tierras. Así aseguraremos no sólo nuestra supervivencia sino también nuestra prosperidad.

Hubo una pausa en las intervenciones que se fue llenando con un murmullo de opiniones de los generales y capitanes de cada ciudad. Padi permitió el intercambio de pareceres entre todos los reunidos, mientras meditaba sobre lo que iba a decir. Finalmente, alzó por segunda vez la mano para pedir silencio, y en el templo se escuchó su propuesta:

—Reyes y gobernantes de los filisteos. De nuevo gracias por haber acudido a mi llamado. Si os parece bien, mi propuesta es la siguiente: volvamos cada uno a su ciudad y a su casa. Convoquemos a nuestros consejeros y a nuestros principales, reflexionemos sobre las cuestiones que hoy se han planteado aquí, y tomemos una decisión mirando más allá, al día de mañana, y consideremos qué sea lo mejor para nuestro pueblo. No demoremos la acción si ésta es necesaria y, sea lo que sea lo que decidamos, vayamos todos a una, pues así los filisteos entraremos en la historia.

Se detuvo un instante, mudó la expresión seria de su rostro en una sonrisa y añadió:

—Y ahora, al terminar esta reunión, os ruego acudáis al banquete que hemos dispuesto para vosotros en mi palacio. Los dioses nos acompañen.

2

Ainod

I

Ya de muy pequeña Dalila supo que era diferente a las demás niñas. No sólo era bonita: era muy bonita. Durante sus primeros años no dejó de oír comentarios acerca de su carita de pilla, de su pelo oscuro, brillante y rizado, y del desparpajo de sus gestos y su lengua. Eran las mujeres las que más la alababan, especialmente delante de su madre, que sonreía pensando para sus adentros si sería bueno para la criatura tanto halago.

Pero, poco a poco, al ir dejando de ser niña, fueron otras las voces que empezaron a elogiarla: las de los muchachos y las de los hombres que la veían. Su cara, su cabello, su mirada, su figura perfecta, la hacían objeto demás de una ensoñación ajena.

Y, entre unas y otros, Dalila creció con el convencimiento de ser verdaderamente especial. Y decidió, en sus sueños de niña, que no sería de nadie que no mereciera la pena. Su belleza, sus encantos y toda su inteligencia serían para un hombre que destacara sobre todos los demás.

II

Desde siempre he estado atenta a mi alrededor, con ganas de aprender, con ganas de vivir. Cuando mi cuerpo se transformó en el de una mujer, sentí que la vida podía ser mucho más rica e intensa, y era feliz con las atenciones de todos los que me rodeaban: cuando iba a por agua a la fuente, los muchachos me sonreían abiertamente; al pasar por las calles, los artesanos hacían comentarios que en aquellos primeros años yo no entendía, pero que me parecía que eran buenos; y creo que por mi carácter espontáneo, algunas de las mujeres empezaron a murmurar de mí. Sabía que cuando yo pasaba la gente se daba cuenta y eso me confundió en cuanto a lo que yo era y el papel que ocupaba en el mundo. Porque sí que, durante un tiempo, creí que yo era el centro de todo y de todos, y sólo con el paso de los años comprendí la verdad.

Mi abuela Umki, que me acompañó de cerca en aquella época y durante toda su vida, me decía:

—Dalila, no te alegres tanto de lo que te dicen de tu aspecto, sino de si te dicen cosas buenas de cómo eres.

—Ya estamos, abuela —le respondía yo—. También me dicen que soy muy simpática y cordial.

—Pero eso, ¿quién te lo dice? ¿los muchachos? ¿tus amigas? ¿sus madres? —Umki negaba con la cabeza.

Y yo reía y contestaba:

—Todos, abuela, todos: que tienes una nieta que note la mereces.

Mi abuela callaba, aunque finalmente solía añadir, mirándome seriamente a los ojos:

—Cuídate, mi niña, cuídate mucho, que las intenciones de las personas no se ven en las palabras solamente —acababa añadiendo preocupada.

Y la verdad es que yo no entendía dónde había motivo de preocupación en una vida tan maravillosa como la mía.

El otoño en que cumplí los quince años conocí a un muchacho. Le vi en la plaza, con unos compañeros, a primera hora de la mañana, cuando yo iba a por agua. Tenía el pelo castaño y liso, como el de mi madre, y unos ojos que de tan verdes parecían imposibles. Me miró y me sonrió. Al volver de la fuente, sólo estaba él. Sus compañeros se habían marchado.

—Te esperaba —me dijo cuando pasé por su lado.

—¿A mí? ¡Seguro! —dije sonriendo.

—Esperaba a la chica más bonita de Gaza y, cuandote he visto, he sabido que eras tú.

Callé y creo que me sonrojé, pues notaba mis mejillas ardiendo, y no dije nada más, con la intención de seguir mi camino.

Él se acercó a mí y empezó a andar a mi lado. Al cabo de unos momentos me preguntó:

—¿Vives lejos? ¿Puedo acompañarte a tu casa?

—Haz lo que quieras. Vivo cerca de la puerta grande, en la muralla —desvié mi mirada más allá del muchacho, pues me azoraba seguir mirándole a los ojos.

—¿Cómo te llamas? —añadió sonriendo tímidamente—. Yo me llamo Ainod.

Le miré por el rabillo del ojo y vi su expresión apurada, y pensé que parecía buena persona. Había sido osado al abordarme, pero ahora dudaba.

—¿Quieres que te lleve el cántaro? —sugirió.

—De acuerdo, como quieras —se lo cedí sintiendo tan torpes mis brazos y mis manos, que temí que se cayera al suelo.

—No me has dicho cómo te llamas —insistió mientras sujetaba el cántaro y lo acomodaba en su costado.

—Dalila —respondí.

Caminamos en silencio hasta que llegamos a la casa. Hice un gesto con la mano y dije:

—Es aquí.

Ainod se detuvo y miró con detenimiento el lugar que yo le mostraba.

—¿Es soldado tu padre? —me preguntó, volviéndose hacia.

—¿Por qué me lo preguntas?

—He visto casas parecidas en las murallas de otras ciudades y en ellas viven los capitanes del ejército y otros servidores del rey. Yo soy soldado.

Le miré a la cara, y vi que estaba esperando mi respuesta.

—Mi padre es capitán del ejército del rey Margón. Se llama Ikasu. ¿Le conoces?

—No. Pero me gustaría.

Volví a mirarle y me pareció que hablaba con franqueza. Ninguno de los otros muchachos había dicho nunca que quería conocer a mi familia, y mucho menos a mi padre.

—Bueno, ¿me devuelves el cántaro? —acerqué las manos para tomarlo.

—Sí, si me dices cuándo puedo volver a verte —dijo Ainod, apartándolo de mí.

—En eso tendrás que esforzarte un poquito.

Me miró y me sonrió.

—Bien. Toma. Y ten por seguro que volveré a verte. Y pronto.

Dio media vuelta y se fue, en dirección a la plaza. Y yo me quedé delante de la puerta sin moverme, mirando el lugar por donde Ainod había desaparecido de mi vista. Después de unos instantes reaccioné y entré en el patio. Dejé el cántaro en su sitio y empecé a hacer las tareas del día, canturreando las canciones más alegres que conocía, de las que me había enseñado mi madre. Me sentía feliz.

III

A la mañana siguiente Dalila vio a Ainod en la plaza. Estaba con dos de sus compañeros. Cuando pasó cerca de ellos, él se apartó ligeramente del grupo y la saludó con un «Buenos días, Dalila. ¿Puedo acompañarte?» Ella sonrió y asintió con la cabeza.

Cuando llegó el invierno, Dalila se sabía enamorada y querida por el muchacho más maravilloso que jamás había conocido.

Caminaron muchos días a la fuente mientras hablaban y expresaban sus sueños, ambiciones, preocupaciones y penas. Y coincidían en muchas cosas: eran sensibles, despiertos, románticos. Muchas veces al anochecer, Ainod se pasaba por la casa de Dalila y se sentaba durante un rato junto al fuego, mientras Umki preparaba la cena sin apenas ayuda de la nieta. Pero el que protestaba era Numar, el hermano de Dalila. «No sé qué tiene que venir a hacer éste a nuestra casa», «ahora no eres como eras antes», «no me gusta cómo te mira», lo cual significaba «me siento celoso de las atenciones que le prestas a Ainod», «ahora pasas menos tiempo conmigo», «veo que te ama de una manera diferente a la mía». Y se quedaba por allí cerca, gruñendo a veces y refunfuñando cuando se le hablaba, lo cual hacía sonreír a todos los demás en la casa.

Ainod estaba en Gaza entrenando con otros soldados de la zona, pues finalmente se estaba empezando a tomar en serio la cuestión de ganar territorio hacia oriente. Se veía como una necesidad no sólo asegurar la frontera en esa zona, sino también ampliar el dominio para garantizar el paso de las caravanas de comerciantes hacia el Tigris y el Éufrates, y hacia el mar de los caldeos. Desde hacía años, sin prisa pero sin pausa, los ejércitos se preparaban, adquiriendo pericia en el manejo de las armas y en el estudio de las tácticas, mientras los artesanos fabricaban todo aquello que constituía el uniforme de un soldado y sus armas, los carros de combate, y todo lo necesario para afrontar las batallas con la mejor garantía de victoria.

Una vez, Dalila le preguntó a Ainod por qué era soldado, si no le parecía mucho mejor ser artesano o campesino, pues en principio se corría mucho menos peligro. Ainod contestó: «Mi padre es soldado y estoy orgulloso de él. Ecrón es filistea porque mi padre echó de allí a los cananeos que la habitaban, y luego la ha defendido mientras la reedificábamos y todos los días desde entonces de aquellos que se han atrevido a ponerla en peligro. Y me gusta la vida de soldado. Y no hay que olvidar que somos valientes y defendemos a nuestra gente. ¿Qué honor más alto puede haber para un filisteo?»

Dalila no hizo ningún comentario, pero en su corazón se instaló una sombra de temor, pues recordaba a su madre llorando cada vez que su padre partía, y cómo ella misma pensaba en su padre como alguien que visitó en ocasiones su infancia, pero sin instalarse jamás en su vida de manera permanente.

Aún con todo eso, Dalila estaba segura del amor de Ainod, pues mil veces y de mil maneras le había dicho que la quería. Por supuesto, recordaba aquella primera vez, en la fuente, cuando él la miró con aquellos increíbles ojos verdes y casi tartamudeando le dijo que la quería. Luego estaban todos los detalles de cariño que ella había sabido apreciar desde el principio: le llevaba el cántaro, le compraba adornos, le decía cosas amables, la miraba con dulzura, se interesaba por su familia, por sus cosas, por sus pensamientos, y la escuchaba siempre. Y le abría también su corazón con una sencillez y una intimidad que la conmovían, y le hacían pensar en lo maravilloso que sería compartir la vida con un muchacho así, con un hombre como el que ella amaba.

A principios de primavera, Ainod tenía más obligaciones militares y se veía menos con Dalila, pero ella se alegraba cuando estaban juntos porque valoraba mucho más los momentos de compartir el alma, los besos, los abrazos y todas las atenciones que se regalaban.

Se acercaba el verano y una tarde Ainod se presentó en la casa. Las flores de los naranjos perfumaban intensamente la ciudad. Le pidió que le acompañara a dar un paseo, que tenía que hablarle. Dalila, al ver su expresión, se preocupó. «Debe ocurrir algo malo», pensó. Anduvieron callados un rato y salieron afuera de la muralla. Dalila le miraba de reojo y se impacientaba porque Ainod no decía nada. No le había cogido la mano ni había acariciado su cabello; ni siquiera la había mirado.

—Dime qué ocurre —dijo Dalila.

Ainod la miró un momento, y siguió andando en silencio. Llegaron a unas rocas rodeadas de grandes arbustos de retama, cerca de unos campos de olivos que alcanzaban una pequeña aldea no muy lejos de allí.

—Podemos sentarnos aquí —le dijo Ainod, por fin.

Se sentaron y el muchacho le tomó las manos.

—Dalila.

Ella le miraba con inquietud, procurando leer en sus ojos todo lo que callaba. Sintió que se le hacía un nudo en el estómago. Esperó.

—Dalila. Vamos a empezar maniobras junto a compañeros de las otras ciudades. Nos han convocado en Gat. Voy a marchar pronto.

—¿Cuándo? —su voz sonó ahogada.

—Dentro de dos días —respondió Ainod, con los ojos perdidos en la lejanía, sin atreverse a mirar a Dalila.

—¿Y cuándo volveré a verte?

Ainod tomó aire y contestó:

—Es posible que no volvamos a vernos.

—No digas eso —cortó Dalila—. No vas a entrar en batalla, ¿no? Has dicho que sólo son unas maniobras.

Buscaba aquellos ojos que ahora se le negaban.

—Yo iré a donde vaya el ejército.

Alzó un momento la mirada hacia la muchacha y volvió a bajar los ojos enseguida, mientras añadía:

—Seguramente no volveré a Gaza.

A Dalila le pareció que le fallaban las piernas y agradeció al cielo estar sentada en ese momento. No sabía si comprendía del todo lo que Ainod le estaba queriendo decir.

—¿Cómo que no vas a volver? ¿Qué quieres decir?

Ainod callaba. Dalila le miró a los ojos y le pareció ver determinación y un punto de tristeza. Tomó aire sonoramente y preguntó, en un susurro:

—¿Es que no me quieres? Me has dicho mil veces que me quieres.

—Y te lo he dicho porque es verdad. Nunca he conocido a una mujer como tú, con quien esté tan a gusto. Pero es hora de marchar.

A Dalila le empezaron a temblar las manos y se soltó de las de Ainod. Alzó sus ojos para ver bien los del muchacho, pero apenas pudo ver nada, pues se le llenaron de lágrimas. Ainod continuó hablando:

—Todo lo que te he dicho durante estas semanas es porque lo sentía en ese momento. No te he engañado en nada. Y nunca te dije que me quedaría aquí o que estaría contigo para siempre. Soy soldado. Me gusta esta vida. Siempre lo has sabido —hizo una breve pausa—. No te he engañado.

Dalila permaneció sin moverse durante un rato. No dijo nada. Luego apoyó las manos en la roca en la que estaba sentada y, haciendo un gran esfuerzo, se levantó. Quedó de pie quieta unos instantes más, miró a lo lejos. Se volvió para ver a Ainod. Él miraba al suelo. Y comenzó a andar lentamente hacia la ciudad. Poco a poco fue acelerando el paso hasta que se encontró corriendo, y de este modo llegó a su casa. Umki la esperaba en la puerta. No dijo nada cuando la vio pasar hacia la alcoba. La siguió en silencio y, cuando Dalila se tendió en su lecho, la arropó. Con su mano gastada acarició el pelo de su nieta y sintió cómo ésta temblaba. La besó, le puso otro manto por encima y salió.

Umki se dirigió a la puerta de la casa. Anochecía. El cielo, por poniente, aparecía rojo oscuro, como de sangre. Habían roto el corazón de su nieta... por primera vez. La vida es siempre difícil. ¿Cómo la consolaría? En realidad, ¿se puede consolar a alguien?, se preguntaba. Recordaba cuando ella misma había perdido a sus tres niñitos, muertos de la enfermedad de la fiebre con granos; sólo había sobrevivido Samai. ¿Qué pretendían los dioses? Luego falleció su marido en plena juventud, por aquella herida que se hizo con el arado y que le consumió por dentro. Y luego murió Samai. Su consuelo, su luz en la oscuridad, su hijita querida, llena de vida, llena de risas, llena de cantos... Aquel dolor en el vientre le hizo perder el apetito y las fuerzas y, finalmente, la mató. La vida es ciertamente dolorosa. Pobre Dalila. Pobre Numar. Sin madre desde bien pequeños y con un padre que nunca está. «Yo, con todas mis penas a cuestas, ¿cómo voy a consolar a nadie?»

Cuando ya había oscurecido, vio a Ainod caminando en dirección a la plaza. Miró hacia la casa de Dalila un momento, casi de reojo. Y vio que Umki estaba en la puerta: de pie, con la cabeza alta y la mirada severa. Ainod escondió el rostro y aceleró el paso.

IV

Los filisteos disponían de muchos hombres para la batalla. Sistemáticamente atacaban las ciudades de Dan y Judá sometiendo a sus habitantes, de manera que el dominio sobre la zona israelita se mantenía y aumentaba gracias a su poderío militar.

Pero las ciudades filisteas sufrían también el acoso por parte de los de Israel. En la ciudad de Timnat, por ejemplo, un solo israelita mató a treinta filisteos, despojándolos de sus ropas de gala y, poco tiempo después, el mismo hombre quemó las mieses, las que aún estaban en los campos y las que ya estaban recogidas, los viñedos y los olivares. Y después de esto, mató a muchos más hombres en toda aquella región. Sansón era su nombre, que quiere decir «pequeño sol».

Ikasu, que estaba al frente de un batallón, fue enviado a resolver el problema. El ejército filisteo acampó cerca de Lehi, en tierras de la tribu de Judá. Los israelitas, asustados al ver a los filisteos casi a las puertas de su casa, enviaron una comisión para averiguar por qué iban a ser atacados, si es que había alguna razón en concreto, y para procurar arreglar el asunto por la vía diplomática. Al ser recibidos en el campamento filisteo por el capitán, preguntaron:

—¿Por qué motivo nos venís a hacer la guerra? A lo que Ikasu respondió:

—Venimos a prender a Sansón, el hombre que ha sembrado el terror en Timnat, para hacerle pagar el mal que nos ha hecho. Respondieron los israelitas: —¿Qué podemos hacer nosotros para que veáis nuestra buena disposición para la paz, y librarnos así de vuestra mano?

Ikasu pensaba que era sorprendente que un solo hombre, por fuerte que fuera, pudiera agredir y matar él solo a tantos, y que ninguno pudiera ofrecerle una resistencia como para sobrevivir. Pues algún filisteo habría, de entre todos aquellos, que fuera hombre preparado y capaz en la defensa de su persona. Por más vueltas que le daba, no lo comprendía. «Aparte de fuerte» se decía, «debe ser muy listo, y eso lo demuestra su forma de quemar los campos de Timnat: con cientos de chacales, atados de dos en dos por la cola, con una tea encendida en medio de las colas. ¡Cómo habrán corrido los pobres animales al verse con el fuego tan cerca, y qué gran incendio provocaron de ese modo! Sansón...» Ikasu prefería llegar a un acuerdo con aquellos israelitas y no malgastar la vida de sus soldados en la captura de un solo hombre, así que les propuso lo siguiente: —Traednos vosotros a Sansón y no os tocaremos: ni a vosotros ni a vuestras casas, ni a vuestros campos y ganados. Decidid lo que más os convenga, y traed vuestra respuesta mañana al amanecer. Aquella noche los de Judá se reunieron en consejo, un representante por cada familia, según su costumbre. Y cada uno apuntó su parecer: —Nos conviene entregar a Sansón a los filisteos. Si no lo hacemos, estaremos buscando nuestra ruina. Ellos tienen un ejército y nosotros no tenemos ninguna posibilidad contra ellos.

—Pero Sansón es nuestro hermano: entregarle sería traicionar a uno de los nuestros —dijo un anciano, meneando la cabeza.

—Sí, pero Sansón actúa por su cuenta y nos compromete a todos —intervino enérgicamente un hombre más joven—. Debiendo ser nuestro juez, nuestro guía y nuestra defensa, según los dones que ha recibido de Dios, anda tras las mujeres filisteas, como si en nuestro pueblo ninguna de nuestras hijas fuera lo suficientemente buena para él. Además, contraviene la ley casándose con una extranjera que, como se ha visto, sólo le ha causado decepciones y problemas. Y, en última instancia, su mal proceder nos está afectando a todos.

—No deberíamos olvidar que, al fin y al cabo, Sansón es un azote para los filisteos incircuncisos, de manera que sí está cumpliendo su cometido de librarnos del enemigo —volvió a hablar el anciano.

—No nos libra de los filisteos: los provoca y nosotros nos vemos perjudicados, de manera que yo no estoy dispuesto a perderlo todo por los caprichos de un israelita que no es fiel a su pueblo ni a las costumbres recibidas de nuestros padres.

—Propongo que le entreguemos —dijo uno decididamente.

—Estoy de acuerdo —añadió otro.

—Yo también.

—Y yo.

Se hizo el silencio. Sus conciencias no quedaban tranquilas. Sin embargo, ya habían decidido. Ahora quedaba una cuestión por resolver.

—Muy bien, vamos a entregarle a los filisteos pero, ¿quién irá a prenderle? ¡Él solo puede contra muchos hombres gracias a su fuerza sobrehumana!

—Vayamos nosotros en gran número, de manera que le intimidemos y, en caso necesario, podamos defendernos con eficacia.

Ninguno de los ancianos del consejo estaba satisfecho con el acuerdo adoptado pues, a todas luces, era traicionar a un hermano. Pero, dadas las circunstancias, prefirieron considerar que era un mal menor y necesario para salvaguardar sus familias y posesiones, así como para conservar la paz con el enemigo.

Antes de clarear, una embajada salió hacia el campamento filisteo para comunicar la decisión. Y un grupo de tres mil hombres de Judá fue en busca de Sansón. Conocían en lugar donde podrían encontrarle: una cueva en las rocas de Etam. Allí se había refugiado después de lo que había hecho a los filisteos.

Sansón les oyó venir y luego les vio. Eran muchos, demasiados para que se tratara de algo bueno. Permaneció a la entrada de la cueva, esperando.

—¿Qué queréis? —habló erguido, imponente, pero su voz denotaba un matiz de tristeza.

Nadie respondía. El valor de tres mil hombres se esfumaba delante de uno solo.

—¿Qué queréis? —repitió—. Hablad de una vez.

—Sansón —dijo, finalmente, el que hacía de portavoz—. ¿No sabes que los filisteos nos dominan y nos tienen sojuzgados? ¿Cómo vas tú y los provocas? ¿Porqué nos haces esto?

Sansón les miró con incredulidad, preguntándose de parte de quién estaban.

—Yo les he hecho lo mismo que ellos me hicieron a mí —respondió.

—Nosotros hemos venido a prenderte, Sansón, y a entregarte en manos de los filisteos.

Sansón clavó sus ojos en el que hablaba, y luego paseó su mirada de uno en uno de los que estaban más cerca. Todos agachaban la cabeza. Hubo un silencio largo. Finalmente Sansón habló:

—Juradme que vosotros no me mataréis.

—No. Solamente te prenderemos y te entregaremos en sus manos. No te mataremos.

Entonces los israelitas ataron a Sansón con dos cuerdas nuevas e iniciaron el trayecto hasta Lehi. Aquel héroe se dejaba llevar sin oponer resistencia. Caminaban en silencio; la mayoría, avergonzados de su traición y de su temor. Tres mil hombres contra uno; tres mil contra un hermano. Herido en el alma, Sansón tampoco hablaba. Se dejaba conducir por el camino entre las viñas, mientras los filisteos, a lo lejos, contemplaban la escena.

Cuando llegaron a Lehi, Ikasu dio la señal y sus soldados salieron gritando a su encuentro. Sansón miró al cielo, lleno de nubes. Vio un claro entre ellas, azul y limpio. ¿Cómo esperar fidelidad de los suyos, si él también era infiel? Con razón Dios le abandonaba. Pero en ese momento sintió cómo el Espíritu de su Dios estaba con él. Las fuertes cuerdas que lo ataban se rompieron como si fueran hilos finos y quemados, y quedó libre. Los israelitas se apartaron, temiendo a Sansón y temiendo también a los filisteos que se acercaban corriendo y gritando para hacerse con el hombre. Allí, al lado del camino, se encontraba la osamenta de un asno. Sansón tomó la mandíbula y la usó como arma, matando a mil hombres. Todos los demás huyeron; y Sansón quedó solo.

A lo lejos, Ikasu no daba crédito a lo que había visto. ¿Era cierto que un solo hombre había desbaratado a todos sus soldados? ¡Qué prodigio acababa de presenciar! Uno contra miles, que vence con sus manos y alguna cosa recogida del suelo a modo de arma. ¿Qué poderes extraños poseía ese israelita?

Ikasu recompuso como pudo su menguado batallón, hizo atender a los heridos y organizó la retirada. El temor se había apoderado de todos, de tal modo que la mayoría avanzaba sosteniendo con las manos los amuletos que llevaba colgados del cinto o del cuello. ¿De qué había servido tanto entrenamiento? ¿Para qué espadas, mallas y cascos? ¿Qué dioses acompañaban a ese extranjero? ¡Un solo hombre les había derrotado! ¡Uno solo y sin nada! Si lo contaban, nadie iba a creerles.

3

Rigat

I

Decían que desde el templo de Tel Qalin se divisaba el mar. El mar. ¡Cómo suspiraba Dalila por verlo de nuevo! Lo recordaba tranquilo, de un azul lleno de reflejos de luz, apenas lamiendo la arena de la playa, refrescando suavemente sus pies al caminar por la orilla. La brisa cálida acariciándola, el sol del atardecer iluminando su rostro, su hermano recogiendo caracolas y piedras romas de distintos colores; su padre quieto, sentado en una roca, mirando hacia el horizonte, sin hablar. Eso fue a finales de un caluroso verano. Umki, la abuela, había quedado en la ciudad, e Ikasu cumplió la promesa de llevar a sus hijos a contemplar el mar desde la orilla.

—¿Veis qué grande es? —les había dicho a sus hijos—. Nadie sabe dónde acaba. Los barcos viajan muy lejos, hasta tierras donde viven gentes de otras lenguas y otro color. Pero ningún navegante ha visto jamás el final del mar. Siempre se extiende más allá. Siempre se ve un horizonte a lo lejos y, cuando quieres acercarte, éste permanece a distancia, como si jugara contigo para que siguieras siempre adelante. Bueno, eso es lo que dicen los marineros.

—¿Tú has ido en barco, papá? —preguntó Numar aquella tarde.

—No, y no sé si me gustaría. Parece ser que los que no están acostumbrados, los que son de tierra, enferman nada más subir, y vomitan durante muchos días hasta que su cuerpo se acostumbra al movimiento del suelo bajo sus pies.

—Yo sí quisiera navegar —dijo aquel día Dalila—, para ver con mis propios ojos todo lo que se cuenta. ¿No está el mundo lleno de maravillas? Estatuas colosales, ciudades bellísimas, jardines con plantas de mil formas y colores, animales extraños... —su mirada era soñadora y se perdía más allá del horizonte—. A mí sí que me gustaría, igual que hicieron nuestros antepasados. Ellos dejaron su tierra porque huían y buscaban refugio, y llegaron hasta aquí. Yo simplemente quisiera verlo todo y que me contaran todas las historias que se relatan, como hace la abuela con las de su pueblo, para conocer las de todos los pueblos y escoger la más hermosa. Y aprender todas las melodías, para tener una canción distinta para cada día, para cada ocasión, para que todo parezca siempre nuevo...

Dalila recordaba que su padre, cuando ella terminó de hablar, la miraba fijamente, con una mirada que ahora sabía que era de profunda tristeza y añoranza. Ikasu le pasó delicadamente una mano por el pelo alborotado y dejó el brazo rodeando sus hombros. Luego la atrajo levemente hacia sí en un torpe abrazo, soltándola después. Ella le vio alejarse hacia la roca donde se sentó y permaneció callado hasta que les llamó para marchar al mesón, cuando ya casi había oscurecido del todo.

Al día siguiente, antes de regresar a Gaza, se habían acercado de nuevo al mar. Esta vez les mostró su otra cara: la enojada, la rugiente, la que enseñaba cómo era capaz de alzarse sobre sí mismo rompiendo en espuma blanca, queriendo comerse la playa, tragársela entera para que no quedara ni rastro, salpicando a modo de aviso a los osados que se le acercaban.

Desde aquella primera ocasión en compañía de su padre, Dalila había visto una sola vez más el mar tan de cerca. Fue cuando el dolor y la confusión no hallaban alivio en su corazón. Ainod: ¡qué dulce sonido había sido antes, como una música suave y tierna, y qué amargo ahora! Se levantaba por las mañanas porque Umki insistía severamente, hacía las tareas del día como si estuviera ausente y, en cuanto podía, se acostaba en el lecho o se sentaba en la silla del patio que había sido de su madre, con la mirada vacía. Tardó muchos días en poder llorar y se preguntaba qué había hecho mal. O se engañaba pensando que la crueldad de Ainod era sólo por ahorrarle alguna pena mayor. ¡Si pudiera hablar con su madre! Ella la abrazaría y le cantaría aquellas hermosas canciones que habían sido un bálsamo para su alma de niña. Pero su madre no estaba, e incluso su recuerdo era borroso:

murió cuando ella tenía seis años, en la primera primavera de su hermano Numar. Más que su imagen, que no sabía si la recordaba de verdad o simplemente la apuntalaba en las palabras de su abuela, de su madre atesoraba sensaciones: un cuerpo cálido que la envolvía; una voz dulce que cantaba casi todo el día; olor a comida y a campo; amparo, alegría, ternura. Dalila sabía que había heredado de su madre los ojos marrones y rasgados, así como el carácter despierto, espontáneo y sensible, y la alegría de vivir. El cabello de su madre había sido castaño y liso, mientras que ella tenía que bregar con una melena negra que se enmarañaba a la primera ocasión, igual que la de su padre.

Mientras Samai, joven y profundamente enamorada de su marido, estuvo a su lado, la vida para ella había sido alegre y confiada. Su madre cantaba continuamente, con una voz dulce y clara, y Dalila aprendió todas las tonadas de su pueblo mientras faenaba por la casa o la acompañaba al mercado o a la huerta que tenían fuera de la muralla.

Pero ahora, ¿quién cuidaría de ella?, ¿quién podría comprender su confusión?, ¿quién le explicaría por qué había sido abandonada? ¿Qué pasaba con la vida, entonces? ¿Que no era bella? ¿Qué cabía esperar de ahora en adelante? Necesitaba a su madre... Una mañana salió antes del amanecer, y caminó y caminó hasta que llegó a la orilla de aquel mar inmenso, de aquel mar que podría acunarla hasta dormirse en sus blancos brazos para no sentir dolor nunca más... Sin quitarse las sandalias, sin ceñirse la ropa, comenzó a andar dentro del agua en dirección al horizonte. Pero el frío la hizo volver en sí y antes de mojarse la cintura ya había decidido regresar a la orilla, y a casa también. Se sentó un buen rato en la arena y, mientras el sol del mediodía fue secando sus ropas, el continuo ir y venir de las olas, distinto cada vez, la distrajo y finalmente la serenó. Estuvo mucho tiempo sin pensar nada, sin sentir nada, siendo sólo ojos que contemplan el mar. Y, cuando se levantó para volver con Umki, con Numar y con su padre también, apreció de nuevo toda la belleza que tenía delante de sus ojos, en el mar, en las rocas, en el camino lleno de datileras y viñas, en las pequeñas casas de las aldeas, en las aves, «¡ay, si pudiera volar!», en el olor a romero y tomillo que la envolvía...

Sentía un fuerte peso en su corazón, como un nudo, pero finalmente éste empezó a hacerse ligero y a desatarse en forma de canto. Una de las melodías más tristes que conocía empezó a envolver su pena y ayudó a sacarla de dentro lanzándola al exterior. Todo el camino estuvo cantando de manera casi obsesiva aquella canción que recordaba en boca de su madre... cada vez que su padre partía de su lado.

Y poco a poco, al ir transcurriendo los días y las semanas, Dalila salió de su melancolía y dejó que su abuela se acercara y le hiciera de caricia, de regazo, de calor.

Si desde Tel Qalin se veía el mar, ella, después de la fiesta, se acercaría para contemplarlo de nuevo: majestuoso, inabarcable, lleno de vida y de misterios.

II

—Dalila, he decidido que voy a ser soldado —me dijo Numar un día, cuando regresó de trabajar en nuestro huerto. Para entonces ya había cumplido los doce años.

—Pero, ¿qué dices? —recuerdo que sentí un escalofrío—. Eso ya lo pensarás cuando seas mayor. Quizá sería mejor que aprendieras un oficio. Si te gustan las armas hazte artesano y fabrica las que quieras, con las formas que inventes tú mismo: las espadas más afiladas, los puñales más curvados, las lanzas más manejables, lo que quieras...

Recuerdo que me detuve en mi tarea. Estaba salpicando el suelo con el agua de una fuente grande, pues me disponía a barrer y no quería levantar una gran polvareda. Con las dos manos así la fuente, y al ver su cara decidida, le pregunté:

—Pero, ¿por qué quieres ser soldado?

—Porque nuestro padre también lo es. Sé que para una mujer como tú es difícil de comprender, pero para un hombre es un destino noble, que engrandece su alma.

Me pregunté dónde habría oído aquellas reflexiones, y si habría sido mi padre quien le habría metido esas ideas en la cabeza. Pero lo dudaba, pues me había parecido siempre que él más bien cumplía su trabajo con cierto pesar, como si fuera soldado porque no hubiera podido escoger otra cosa.

Dejé la fuente en una mesa, miré fijamente a Numar y, poniéndome ambas manos en las caderas, le dije: —Oye muchacho, a mí no me hables en ese tono. Aunque ya seas casi tan alto como yo, me debes un respeto, pues soy tu hermana mayor: cinco años mayor, por si lo has olvidado. Así que si quieres cometer la locura de ser soldado, allá tú. Pero a mí háblame bien.

—No será cosa sólo de locos pues, o tú también estás loca, o ya me dirás por qué has vuelto a enamorarte de un soldado.

En eso tenía razón. Un poco loca sí debía estar, ya que efectivamente me había enamorado de Rigat, un capitán del ejército, como mi padre. Aunque era mayor que yo, se le veía mucho más joven que mi padre.

Y sí, volvía a estar enamorada, y estaba sorprendida de lo que había en mi corazón: no sentía solamente el vértigo que da el amor, sino también el que da el miedo, el que debe sentirse cuando uno se lanza a un abismo esperando que el fondo esté cubierto de suaves y esponjosas almohadas pero teme que vaya a estar lleno de cuchillos de punta. O algo así.

Rigat apareció una tarde en casa acompañando a mi padre, cuando ya había terminado la vendimia y los campos de alrededor de Gaza se preparaban para el invierno. Recuerdo que mi abuela puso mala cara, pero no dijo nada, y le sorprendí una mirada de reproche cuando mi padre le presentaba al huésped. Se retiró como si fuera a preparar la cena, pero yo vi que se estaba quieta, en el umbral de la puerta que daba al patio, pensando de manera concentrada. No sé exactamente qué pasó por su cabeza aquel día, pero ahora me temo que simplemente estaba adivinando lo que iba a ocurrir. ¡Pobre Umki! ¡Cuántas preocupaciones! Ahora era que un joven soldado que se iba a quedar unos días en casa.

Lo cierto es que Rigat no era especialmente agraciado. Tenía los ojos grandes, negros y expresivos, pero también era grande su nariz, y carnosa, de manera que parecía que llevaba una hortaliza un poco deforme pegada en la cara. Pero su apostura, su largo cabello negro y su voz profunda le conferían un gran atractivo. Al menos para mí, que me sentía necesitada del amor de un hombre, pues ya mi edad empezaba a jugar en mi contra.

Lo que me cautivó fue su saber estar, su corrección y su elegancia al hablar: se le conocía mundo. Para mí un trato tan exquisito era toda una novedad y servía para que volviera a sentirme alguien importante, merecedora de atenciones delicadas y palabras dulces.

Después de unos pocos días, Rigat fue a hospedarse a un mesón cercano a la plaza, donde volvía a haber habitaciones por ocupar. Yo ya me sabía enamorada... y él empezó a frecuentar nuestra casa, en un cortejo maravilloso, de tal manera que supe que yo no era mía y que aquel hombre podría hacer conmigo lo que quisiera. Como efectivamente ocurrió.

III

Las vecinas le comentaron a Umki que en el mercado habría telas nuevas que habían llegado en barco. Y hacía falta un manto grande para el lecho de Numar, que había crecido tanto que resultaba difícil cubrirlo por las noches con los que había en la casa. También quería acercarse a casa de Talir, el mercader de cerámicas, para adquirir dos platos nuevos, uno para Numar y otro para Dalila, de esos de los que en un lado surgía el cuello y la cabeza de un pájaro, y estaban decorados con pinturas de colores. A veces Umki se sentía cansada y vieja, y consideraba que sería hermoso dejar algún legado a sus nietos, algo que se pudiera contemplar y tocar con las manos, y que a la vez fuera un objeto cotidiano. Porque la insignificancia de una vida, de su vida, era tan abrumadora que la posibilidad de ser recordada por otros, ni que fuera durante un tiempo, era algo que la consolaba.

El bullicio en la ciudad durante los días de mercado hacía que Umki se sintiera menos sola. El ir y venir de las mujeres que llenaban la plaza y las callejuelas; las voces de los mercaderes ofreciendo sus artículos, parecían dirigidas a personas de fuera de la muralla a juzgar por los gritos que daban; la apariencia de estar todos ocupados en cometidos ineludibles y de gran relevancia. Todo ello producía el espejismo de que había un propósito para la vida, para cada vida, y de que las tareas debían llevarse a cabo porque si no, algo imprescindible quedaría sin hacer, y el mundo podría hundirse.

Muchas veces Umki había pensado que su cometido en la vida era cuidar de sus nietos. La pérdida de sus hijos y de su marido, la muerte de su Samai tan llena de vida y alegría, la ausencia casi continua de su yerno Ikasu, la llevaban a pensar que ése era el motivo por el cual ella permanecía viva y con las suficientes fuerzas para criar a Dalila y a Numar. Por una condescendencia de los dioses, quizá. Pero estaba agradecida. Porque sus nietos aún la necesitaban.

Por eso Umki se acercaba con el corazón más ligero al mercado, saludaba a todos los conocidos y era diligente en sus compras; y aún se permitía contemplar el cielo y los cerros por encima de la muralla, y respiraba hondo llenándose los pulmones de los aromas de todo lo que la rodeaba en ese momento.

Cargada con el manto nuevo para Numar, se acercó a la tienda de cerámica.

—Buen día tengas, Talir —dijo al entrar, mientras apoyaba en una pared la tela enrollada.

—Buen día para ti también. ¿Cómo está tu familia? —dijo el comerciante.

—Bien, gracias. ¿Y tu hija? ¿Sigue bien?

—Sí, por aquí la tengo, ayudándome en pequeños cometidos en la casa y en la tienda. Desde que falta su madre procuro mantenerla ocupada, aunque las tareas de la casa están bien atendidas como siempre por Nayal, la sirvienta.

—Eso es bueno. Además aprenderá a desenvolverse con soltura en todas estas cosas.

—Sí, eso pienso yo. Pero bueno, dime qué deseas, que ya ves qué cosas tan bellas tengo en las mesas y en los estantes. ¿Qué necesitas?

Umki le explicó lo que quería y, después de un largo rato de mirar, de tocar, de sopesar y de volver a considerar, se decidió por dos delicados platos, decorados en blanco y azul sobre el fondo de color rojizo de la arcilla, y con la cabeza de ave finamente pintada en todos sus trazos: las líneas de los ojos, las plumas, el pico.

Al despedirse, Umki estaba satisfecha.

—Me llevo justamente lo que deseaba. Gracias, Talir. Que te vaya bien.

—Lo mismo digo Umki. Y saluda a los tuyos de mi parte, especialmente a Dalila.

«Especialmente a Dalila, ¡especialmente a Dalila!» se alarmó Umki. «Es tan bonita que todos los hombres van a fijarse siempre en ella. Y me la lastimarán. Como ese Rigat, que veremos cuánto tiempo tardará en marcharse y dejarla... ¡Oh, dioses benditos: si estáis ahí, cuidádmela!»

IV

Rigat e Ikasu eran convocados con frecuencia por el rey Margón. Y seguían saliendo a la batalla para que no quedara duda de quién tenía la supremacía entre todos los pueblos que habitaban aquella parte del mundo: ni las tribus de Israel, ni los cananeos.

Ellos, los filisteos, con su poderío militar, dominaban la tierra, y aún serían más grandes en un futuro no muy lejano.

Rigat soñaba con un gran imperio, en el que quizá él podría tener un lugar destacado como brazo conquistador de un gran rey que esperaba estuviera porvenir. Margón era viejo y se estaba acomodando a la paz de la zona costera lamentándose manifiestamente de perder hombres en escaramuzas que consideraba de poco valor estratégico contra pueblos inferiores y menos preparados.

A Rigat le hervía la sangre en las venas pensando en todo lo que podría conseguirse con un plan más ambicioso. Estaban cerca de Egipto y, aunque es cierto que habían sido derrotados en una campaña anterior, en la que habían luchado codo con codo con los libios, ahora estaban mucho mejor preparados. Hacia oriente, llegar hasta la tierra de los caldeos ciertamente parecía posible: sólo se interponían esas malditas tribus de Israel, que actuaban con poca visión de conjunto y sólo se ocupaban de defender su pequeño territorio, o bien se sometían. Incluso, por qué no, se podría reconquistar el país de donde procedían sus antepasados: la gran isla, el continente y todas aquellas hermosas y pequeñas islas que poblaban las narraciones de los más ancianos de su pueblo. Pero para todo eso hacían falta reyes no tan viejos, generales y capitanes mucho más ambiciosos y con visión de futuro, además de la ayuda de los dioses.

Rigat comentaba estas cosas en el lecho con Dalila. Uno de los días añadió que le parecía que Ikasu seguramente era de los que no tenía ambición.

—No digo que tu padre no sea valiente y arrojado cuando hace falta, pues además lo ha demostrado en innumerables ocasiones. Digo que creo que preferiría retirarse ya y llevar de una vez por todas una vida sosegada.

—Seguramente tienes razón. Pero si te digo la verdad, yo no lo sé. Mi padre casi nunca está en casa, así que si le gusta una vida más tranquila, debe anhelarla en otra parte y no aquí con sus hijos.

Ambos callaron. Dalila pensando en el abandono para ella incomprensible al que les sometía su padre; Rigat preocupado por un problema con el que topaban vez tras vez y que no dejaba de hacer tambalear todos sus sueños de grandeza.

—Dalila, ¿sabes que hay un tipo que se atreve él solo a desafiarnos?

—¿Cómo? —preguntó ella, cubriéndose con uno de los mantos.

—Sí. Un israelita al que no se puede controlar y que actúa según sus impulsos, haciendo de castigador sistemático de nuestro pueblo.

Rigat se mostraba preocupado, pues consideraba que toda una inteligente preparación de la futura campaña durante muchos años podía venirse al traste simplemente porque a ese loco nadie podía pararle los pies. ¡Lo inaudito es que fuera un solo hombre! No se trataba de un grupo más o menos militar, ni siquiera de una banda de guerrilleros o bandidos. Era un hombre solo.

—Se llama Sansón —le dijo a Dalila—. Y si lo que se cuenta de él es cierto, no es un enemigo despreciable.

—Pero, ¿quién es de verdad ese Sansón?

—Un fuera de serie. Un loco. Un lobo solitario —Rigat habló lentamente, escogiendo cada palabra con cuidado para definir a aquel extraño hombre.

—Mi padre vio con sus propios ojos cómo mataba él solo a mil hombres —dijo Dalila, pues desde el principio sabía de quién estaban hablando—. ¿Cómo lo hace? ¿Cómo puede hacerlo?

—Tiene una fuerza sobrehumana. No es que esté entrenado de manera especial y su cuerpo responda a la preparación: es que lo que hace va más allá de todo lo visto u oído hasta hoy. ¿Conoces alguna leyenda de antiguos héroes con mucha fuerza? —Rigat fijó sus ojos en Dalila durante un momento, pero volvió a extraviar su mirada como si viera dibujado en la pared de la alcoba lo que estaba contando—. Sansón es un héroe real, y su fuerza y habilidad extraordinarias las emplea principalmente en contra de nosotros.

Rigat frunció el ceño, y Dalila quiso alejar la preocupación del rostro de su amado. Intentó una caricia, pero un gesto casi imperceptible de rechazo por parte de Rigat le hizo desistir. Se arropó mejor y cerró los ojos, dándole ligeramente la espalda. Intentó imaginar cómo debía ser ese tal Sansón: alto y musculoso, seguro; con una expresión fiera en la cara que posiblemente asustaba a todos los que se le acercaban más de la cuenta. Sansón.

—No creas que exagero o que estoy forjando una leyenda a conveniencia...

—Sé que lo que dices es cierto —dijo Dalila—. Mi padre comentó que lo que vio fue como si en un momento determinado Sansón fuera dotado de una potencia mágica y destructora, y que el que venía atado y derrotado se convirtió en un monstruo mortífero.

—¡Es eso! ¡Así es! Yo no lo he visto, pero no tengo por qué dudar de la palabra de los que me lo han contado. Y, en todo caso, he visto sus efectos devastadores en más de una ocasión.

De nuevo Rigat y Dalila volvieron a quedarse en silencio. Él, acostado y mirando hacia el techo, Dalila cerrando de nuevo los ojos y sabiendo que Rigat estaba lejos de ella, que no era suyo y que nunca lo sería.

Dalila oyó voces que venían de la puerta de la casa, y al cabo de unos instantes Umki asomó la cabeza al interior de la alcoba.

—Un soldado ha venido a buscarte, Rigat. Espera en la puerta.

Rigat se levantó, se vistió rápidamente y, sin mirar a Dalila y sin decir nada, salió de la estancia y se fue.

Al cabo de un momento Umki pasó por delante de la puerta de la alcoba y comentó para que lo oyera Dalila:

—Se ve que ese tal Sansón ha entrado en la ciudad.

4

Yahira

I

Dalila se vistió rápidamente, como si aquella noticia tuviera que ver con ella, y salió al patio, donde se encontró con su abuela en actitud de centinela. Acababa de caer la noche sobre Gaza y una pequeña porción de luna creciente se alzaba con timidez.

Ambas vieron correr a grupos de soldados por las calles. Llevaban antorchas en las manos y se dirigían a las puertas de la ciudad.

—¡Hay que cerrarlas! —sus voces eran un grito contenido—. ¡Y rápido! Así ese Sansón no podrá escapar.

—Pero, ¿dónde está? ¿A qué ha venido? —le preguntó un vecino a uno de los soldados.

—Está en casa de Yahira, la ramera. Estamos viendo si podemos rodear la casa...

—Entonces voy con vosotros. Cogeré mi azada, por si debemos defendernos o atacar.

—Bien hecho, amigo. Es una oportunidad única: nunca lo tendremos tan atrapado como hoy. ¿Cómo está esa puerta? —inquirió el soldado, dirigiéndose a uno de sus compañeros que se acercaba.

—Cerrada. Y hemos dejado a un grupo de hombres vigilando tanto dentro como fuera. Cuando amanezca y Sansón quiera marcharse, lo mataremos.

—Muy bien. Tenemos entonces a gente apostada en todas las puertas de la ciudad. Vamos a ver cómo va el grupo que está rodeando la casa de la ramera. ¡Rápido y en silencio! Que nadie haga ruido, que no queremos que nada le haga sospechar...

Muchos hombres de la ciudad fueron, pues, a rodear la casa de Yahira. Se movían con un cuidado extremo para que sus pisadas no fueran oídas, para impedir que rodaran las piedrecillas del camino. Y en la oscuridad de patios y ventanas se instalaron muchos ojos: atentos, vigilantes, ocultos entre el follaje de las plantas o detrás de los troncos de los árboles. Dentro de las casas, con las lámparas apagadas, muchas mujeres, viejos y niños.

Aquella noche, durante la espera, mientras los habitantes de Gaza permanecían en silencio bien porque esperaban a Sansón o bien porque sólo miraban, creían que había llegado el momento de deshacerse de ese hombre odiado y temido. ¡Cuántos filisteos habían muerto por su mano! ¡Cuántas pérdidas se debían a sus incursiones en el territorio! Resultaba que los israelitas, los de su propio pueblo, parecían conformarse con la situación de dominio por parte de los filisteos, ¡pero Sansón no! Y seguramente para ellos venía a ser un rayo de esperanza, esperanza de que algún día pudieran librarse de la opresión que sufrían. Sansón desafiaba una y otra vez su supremacía, haciendo tambalear su tranquilidad y peligrar su vida. Esta noche, sin embargo, sería el final de su pesadilla…

—¡Atención! —se oyó en un susurro—. ¡Se está abriendo la puerta de la casa de Yahira!

—¡Sale alguien! —apuntó uno.

—¡Es Sansón! —dijo otro.

—¿Qué hacemos?

Nadie contestó. Aún en la oscuridad la figura del danita aparecía imponente, y su gesto se dibujaba tan decidido y enérgico que nadie osó moverse. Pensaron: «Quedará atrapado a las puertas de la ciudad, y allí le atacaremos entre todos, con las armas de guerra de los soldados. No tiene escapatoria».

Era medianoche. Hacía algunos minutos que Sansón había salido de la casa y los hombres de Gaza que la rodeaban seguían sin moverse y en silencio. Algunos habían corrido para ocultarse mejor, no fuera que Sansón los descubriera. El temor que se había apoderado de ellos hizo que tardaran en salir de sus escondites para ir en la dirección en la que le habían visto alejarse.

Sansón se dirigió hacia la muralla, buscando la puerta que daba a oriente. Pasó por delante del patio donde se encontraba Dalila, agazapada detrás del gran tronco de la higuera. Ella le observó, y se quedó impresionada: cuerpo grande y aguerrido —por lo que podía apreciar después de tener durante horas los ojos acostumbrados a la oscuridad—, cabellos largos y recogidos, ropa ceñida. Pero observó que aquel hombre parecía cansado, quizá abatido. Todo eso le vino a la mente en el breve tiempo que pudo contemplarle, mientras él se dirigía hacia la puerta de la muralla cercana a su casa.

Umki, Dalila y todos los vecinos esperaron en silencio. No se oía nada, salvo las pisadas de Sansón al alejarse. Transcurrieron unos minutos y, de pronto, en medio de la noche, se oyó un estruendo como de grandes piedras cayendo, que retumbó por entre las silenciosas callejuelas. Bajo los pies de Dalila, el suelo tembló ligeramente, así como las paredes de las casas de la murallay todos los objetos colgados de ellas.

Dalila entró corriendo para encaramarse a la pequeña ventana que permitía ver hacia afuera de la ciudad. Y lo que contempló fue algo que, ni aún teniéndolo delante de sus ojos, podía creerse: Sansón avanzaba por el camino que se alejaba de Gaza, ¡con la puerta de la muralla cerrada con cerrojo, los dos pilares de piedra que la sujetaban arrancados de cuajo, cargada sobre sus espaldas!

II

Al nacer, Numar era un bebé gordito y calvo, que comía cada pocas horas y dormía mucho. Sólo se le oía llorar cuando tenía hambre, y tanto mi madre como mi abuela estaban contentas con el vigor y la vitalidad que mostraba aun siendo tan pequeño. Yo me tomé muy en serio mi papel de hermana mayor para cuidarlo y, cuando mi madre no lo amamantaba, me acercaba cada poquito tiempo a su pequeña cuna para comprobar que estaba bien, y le arropaba, pues era invierno y hacía frío. Mi madre me hizo vivir con gran ilusión la espera del futuro hermanito, de manera que cuando llegó no recuerdo haber tenido celos sino que más bien me sentía como una extensión de los cuidados de ella hacia Numar.

La abuela había venido desde su casa en el valle de Sorec a ayudar en todo lo que hiciera falta. Aquellos días fueron hermosos y felices, porque la alegría de una nueva vida en un hogar, en aquellas tranquilas y plácidas circunstancias, la vivíamos realmente como un regalo de los dioses. Lo único que echamos de menos en aquel tiempo era a mi padre, especialmente mi madre.

—Dalila, ya verás qué contento se va a poner papá cuando vea qué grande y guapo es Numar.

—¡Por supuesto, mamá! Creo que es el bebé más bonito de toda Gaza... ¡aunque le falta un poco de pelo todavía!

Y las dos nos reíamos. Mi madre me decía que mi padre también estaría muy contento conmigo, porque me estaba convirtiendo en una niña mayor y muy lista, que ayudaba en todo a la abuela. Me sentía querida y arropada, con ese calorcillo en el corazón que tanto he echado en falta después. Los días transcurrían dentro de una rutina que me proporcionaba seguridad y confianza, sólo interrumpida por las festividades o alguna noticia que, de todos modos, vivíamos de manera lejana, como si no tuviera que ver con ninguna de nosotras. Aquel invierno mi padre no estaba de campaña, aunque se encontraba lejos, más allá del Mar Salado, en misión de reconocimiento.

Una mañana gris y ventosa en que me encontraba en el patio arrancando unos hierbajos que crecían delante de la puerta de la casa, empezó a caer una lluvia fina y helada que se me clavaba en la cara y en las manos, como si fueran mil agujas. Entré para resguardarme, y oí que mi abuela le estaba diciendo a mi madre:

—Samai, cada día tienes más ojeras. ¿Te encuentras bien?

—¡Cómo no voy a tener ojeras, madre, si Numar no me deja dormir con tanto pedir de comer! Por las noches llora una o dos veces porque tiene hambre... y yo estoy un poco cansada.

—Hija —añadió mi abuela, tratando de explicar porqué estaba preocupada—, se te ve además más delgada, porque cada vez comes menos, cuando lo normal sería que comieras mucho y engordaras para alimentar mejor a tu hijito. No sé, no sé... ¿Te duele algo?

—Que no, madre, que no. Sólo necesito dormir. Numar empezará pronto a dormir toda la noche y yo me sentiré tan descansada como siempre. No te preocupes.

Sentí un escalofrío, pero no supe en aquel momento si era porque la lluvia me había mojado o por lo que estaba oyendo. Lo cierto es que desde aquel día comencé a observar a mi madre para ayudar a mi abuela en el cuidado de su hija. Fue como si algo dentro de mi corazón de niña me indicara que había que estar alerta.

Llegó la primavera con muchos días de lluvia, y todo empezó a tomar distintos tonos de verde, en los árboles, en los patios y en los campos. Los brotes de todas las plantas fueron transformándose en hojas, luego en flores de colores, y más tarde en una promesa de frutos para el verano. Numar crecía fuerte y robusto y se había vuelto muy risueño. Respondía a las atenciones que le dedicábamos, nos regalaba sus alegres gorjeos, se movía mucho y comenzó a querer cogerlo todo. Para mí era un muñeco maravilloso con el que podía jugar y entretenerme durante horas.

Pero mi madre cada día estaba más delgada. Con mucha frecuencia se detenía a descansar mientras realizaba sus tareas, y su piel se fue volviendo pálida al principio y finalmente amarilla. Mi abuela se veía realmente preocupada. Parecía que toda la alegría que habíamos vivido hasta entonces se había escondido en algún rincón de la casa o se había escapado por las ventanas hacia otro lugar. Yo empecé a ser más callada, menos ruidosa en todo lo que hacía por temor a molestar a mi madre que, aunque no se quejaba de nada, creo que agradecía el silencio y la calma.

A mediodía, cuando lucía el sol, yo tomaba a Numar en brazos y me sentaba en la silla de mi madre en el patio, le hablaba y le hacía reír, le besaba y le abrazaba con todas mis fuerzas cuando se dejaba, que no era siempre. Tengo la imagen de mi abuela observándonos desdela puerta con una expresión de tristeza profunda.

Cuando ya se acercaba el verano, mi madre apenas se levantaba del lecho. Aún amamantaba una o dos veces al día a Numar, acostada como estaba, pero su debilitado cuerpo no producía alimento suficiente, de manera que mi abuela se había procurado leche de oveja que rebajaba con agua y a veces mezclaba con harinas diversas. Y a Numar parecía sentarle bien todo lo que la abuela le preparaba. Siguió creciendo y espabilando día tras día.

A mi madre le dolía el vientre en el lado derecho. Sentía náuseas y con frecuencia vomitaba. Finalmente, comenzó a tener fiebre, frío o a sudar, mientras temblaba. La abuela la atendía en todo lo que podía, arropándola o secándole la frente sudorosa, dándole la comida aunque ella la rechazaba, limpiándola siempre que era necesario.

Una tarde especialmente cálida en que el olor intenso de los pinos se colaba por toda la casa, mi madre me llamó.

—Dalila —me dijo cuando pasé delante de su alcoba—. Dalila —repitió en un susurro.

—Dime, mamá —respondí acercándome a su lecho.

—Ven. Siéntate aquí, a mi lado. Quiero hablarte…

Se me encogió el corazón. ¡Qué poca fuerza tenía al sacar las palabras de su boca! ¡Qué cuerpo tan pequeño le veía en ese momento! Tenía la piel de la cara amarillenta, con las mejillas hundidas y los pómulos muy marcados, los ojos también hundidos y rodeados de oscuras ojeras… y, sorprendentemente, me dedicó una sonrisa llena de ternura.

Mi madre me cogió la mano. La sentí ardiendo. Mis pequeños dedos no abarcaban la suya así que, con las dos manos, procuré estrechársela, sin decir nada. En ese instante fui consciente del miedo que sentía y de la tristeza que había ido tomando posesión de mi corazón durante las semanas anteriores. Cuando alcé la cabeza, mi madre estaba mirándome y vi pena en sus ojos. Y me habló, con su voz dulce y suave a pesar de todo:

—Dalila, hija mía. Eres una niña lista y sé que vas a hacer muy bien lo que voy a pedirte.

—Sí, mamá.

—Vas a tener que cuidar a Numar —su voz era apenas un susurro.

—Ya lo hago, mamá.

—Lo sé, y lo haces muy bien. Y tendrás que ayudar a la abuela…

—Mamá…

—¿Sí, Dalila? —seguía mirándome con ternura, aunque su voz era casi inaudible.

—Mamá… ¿no vas a curarte?

Mi madre tardó en responderme y, cuando lo hizo, a mí me pareció que había cambiado de tema. Yo miraba sus labios, como si de ellos dependiera mi futuro, mi ventura, mi aliento.

—Dalila, ¿recuerdas lo que quiere decir tu nombre?

—Sí…

Yo respondía con las mínimas palabras. No quería tener aquella conversación, aunque tampoco quería entristecer más a mi madre poniéndome cabezota en un momento que parecía tener importancia para ella.

—¿Qué quiere decir «Dalila»? —me preguntó.

—«La que tiene la llave» —respondí.

—Eso es —mi madre respiró hondo—. Tú tienes la llave, Dalila. La miré a los ojos. No comprendía de lo que me hablaba.

—¿Qué llave, mamá?

—La llave de tu vida, hija. Puedes ser valiente o puedes ser cobarde; pero ahora vas a necesitar ser valiente. Puedes agradecer lo que tienes o lamentarte por lo que no tienes; pero mejor sé agradecida y disfruta lo que tienes. Tú tienes la llave de tu vida, Dalila. ¿Me entiendes?

—Sí...

—Así me gusta —mi madre hizo una pausa—. Ven, acércate y dame un abrazo...

Yo no me acerqué: me arrojé en sus brazos. Y lloré; primero suavemente, pero después con un desconsuelo incontenible. Mi madre me acariciaba el pelo, la espalda, me abrazaba con todas sus fuerzas, que no eran muchas. Estuve mucho rato con la cabeza hundida en su cuello, hasta que me calmé. Cuando me incorporé poco a poco, vi que ella había llorado también, aunque me sonreía de nuevo.

—Vas a ser una gran chica, Dalila. Lo sé.

De nuevo miraba sus labios. De allí, en contra de toda lógica, aún esperaba una palabra de esperanza; pero no la recibí. Mi madre volvió a hablar, ahora mucho más fatigada:

—Quiero pedirte aún una cosa más todavía.

Yo no respondí, porque no podía. Tenía un nudo enla garganta y una fuerte opresión en el pecho. Simplemente asentí con la cabeza, y mi madre prosiguió:

—Vas a tener que querer mucho a tu padre. Mucho.

De nuevo asentí, pero me levanté y salí corriendo. Me fui al patio. Y mi pensamiento de niña me decía que todo aquello no estaba ocurriendo, que no podía estar ocurriendo. Recuerdo la luz intensa de aquella tarde rodeándome impertinente mientras mi corazón se encontraba confuso y en oscuridad.

Creo que las personas saben cuándo van a morir.

Mi madre lo supo. Después de salir yo de la alcoba, mi abuela le llevó a Numar. La vitalidad de mi hermano parecía que iba a lastimarla, pero ella aún sonreía, mientras susurraba: «Mi niñito, pobrecito… Qué bonito es…». Y las lágrimas le resbalaban de nuevo por el rostro, por el cuello, hasta los cabellos castaños despeinados sobre las almohadas. Yo observaba la escena desde la puerta.

Después de un rato mi abuela me dijo:

—Coge a tu hermano y llévatelo para que le dé el sol. Y así lo hice. No sé cómo le cuidé, porque me parece que no veía nada salvo la pena de mi corazón. Aquel día apenas cenamos, a excepción de Numar que no se daba cuenta de nada y no sólo comió con la avidez de siempre sino que además sonreía y se movía con su alegría habitual.

Esa noche mi abuela me despertó.

—Ven —me dijo. Y la seguí, mientras intentaba espantar el sueño de mis ojos. La abuela había llevado a Numar, dormido como estaba, hasta el lecho de mi madre, y ella rodeaba al niño con uno de sus brazos. Me acosté yo también a su lado, mientras la abuela la ayudaba a envolverme con el otro brazo.

Yo tenía mucho sueño, así que no tardé en adormilarme, hasta que oí que mi madre susurraba algo. Vi que mi abuela se acercaba y sentí cómo el brazo de mi madre resbalaba por mi espalda hasta quedar inerte sobre las sábanas. Me dijo que tomara a Numar y lo llevara a su cuna. Cuando iba a salir de la alcoba con mi hermano en brazos vi a mi abuela llorando en silencio. Gruesas lágrimas rodaban por sus mejillas mientras acariciaba la cabeza de su hija.

III

Rigat también salió de la vida de Dalila. Cuando tuvo que partir para una misión, se despidió con prisa. Y eso porque había pasado por la casa a recoger un capote que se había dejado olvidado.

—Bueno, me marcho. Ya nos veremos.

—¿Nos veremos, Rigat?

—Bueno, la vida da muchas vueltas e igual vuelvo a estar alguna otra vez en Gaza. Adiós, Dalila.

Ella no contestó. No recibió ni un beso, ni un abrazo; ningún gesto que significara que alguna vez había habido amor entre ellos dos. Dalila reflexionó, concluyendo que seguramente no lo hubo: ella le había amado, pero Rigat a ella no. Fue su pasatiempo mientras estuvo en Gaza, y posiblemente ni siquiera el único. Lo que la abrumaba, sin embargo, era el desparpajo con el que se podía ser amable, galante, hacer mil regalos, decir que se amaba a alguien con todo el corazón y para siempre, sin ser cierto ya desde el principio. ¿Qué mundo era éste? ¿Qué gente era ésta? ¿Nadie decía nunca la verdad y las acciones estaban siempre encaminadas a aprovecharse del otro? ¿Ningún hombre era digno de confianza, entonces? Quizá los soldados fueran así, por su ir y venir...Pero, ¿su propio padre también sería así?

Dalila no podía pensar más. Se sentía abandonada, pero esta vez no la habían hallado desprevenida. Y por encima de todo, estaba decepcionada, desencantada, pero de la vida.

Umki, siempre prudente, no dijo nada cuando Rigat marchó para siempre. Observaba de cerca a Dalila, pero no quería alejarla de ella con palabras gratuitas e inoportunas. Después de unas semanas, sin embargo, mientraslas dos trabajaban preparando unas verduras y legumbres que habían traído del huerto, Umki le dijo:

—Niña mía, veo que tu cara ha cambiado.

—No me digas eso, abuela. ¿Me ves más vieja, quizá?

—Sabes a lo que me refiero. Tu expresión es más dura y tus ojos desconfían. Y las palabras que pronuncias ya no son dulces sino hirientes como espadas.

—Perdona, abuela. Yo no quiero hablarte mal a ti.

—No, no es a mí a quien le hablas mal. Pero tu amargura se te escapa por la boca, y alejarás a todos los que se acerquen a ti.

—No quiero que nadie se acerque a mí —respondió Dalila con convencimiento.

—Dalila, ¿tampoco Numar?

—¿Numar? ¿Qué pasa con él?

—Pues que está pocas veces en casa y, cuando está, le haces pagar a él cuando le hablas todo lo que te han hecho otros. Y eso no es justo...

Dalila no se había dado cuenta. Pero ahí estaba Umki de nuevo, como una fiel aliada, diciéndole lo que necesitaba que le dijeran. La abuela le explicó lo que ocurre cuando una semilla maligna anida en el corazón, y va siendo regada con oscuros pensamientos y con palabras amargas e hirientes. La semilla brota y crece, y a la vez va echando raíces profundas. Al final se convierte en un gran árbol que da frutos amargos que saborean todos: tú y los que te rodean.

—Porque eso es lo peor —concluyó Umki—. La principal perjudicada serías tú, con toda esa carga de rencor e ira en tu corazón. ¿Cómo podrías vivir, cómo harías para moverte y andar, con un árbol grande y robusto acuestas, hija mía?

Dalila se refugió en la rutina, en las tareas. Se tomaba cada día como una batalla a ganar y organizaba la táctica a seguir, la estrategia. «Primero iré a la fuente y después al mercado. Al llegar me acercaré al huerto y traeré alimento para hoy. Luego recogeré los higos más altos, a los que la abuela no haya llegado. Después…». Así fueron transcurriendo los días hasta que llegó el otoño.

IV

Salvo por los cipreses y algún que otro árbol despistado, era evidente que se acercaba el invierno: los troncos de los árboles sostenían ramas de todos los tamaños que no mostraban hoja alguna, llovía con frecuencia y hacía cada vez más frío.

Ikasu se encontraba en Gaza después de muchos meses, y Dalila le observaba. Le notó más callado que en ocasiones anteriores y sus gestos, su caminar, antes vivos y enérgicos, parecían cargar un peso invisible a los ojos de los demás. Dalila aprovechaba la hora de las comidas, que era cuando le tenía más cerca, para estudiar su rostro. Y lo que veía era una expresión controlada, que apenas se alteraba por lo que ocurría a su alrededor, además de unos ojos tristes.

Umki también estaba atenta y vigilante, como siempre, hasta que en su corazón surgió de nuevo, como si se hiciera de repente la luz, el temor de una enfermedad. ¿Estaría Ikasu padeciendo en su cuerpo algún mal? Porque el hombre, que en su plenitud había sido fuerte y robusto, se veía más delgado y con menos fuerza. El moreno de su piel tostada por el sol no permitía observar si había algún indicio alarmante en su color, pero Umki sentía otra vez el peligro cerca. Y pensaba que los dioses, esas estatuas inmóviles de los templos y los altares, eran indiferentes a un reparto equitativo de las desgracias. ¿De nuevo el manto del dolor iba a cubrir a su familia? Y a la mujer, anticipar el sufrimiento le producía más arrugas en la cara, más encorvamiento en la espalda y una opresión que llegaba en ocasiones al ahogo en su corazón.

Una mañana limpia y clara, cuando el sol lucía radiante pretendiendo engañar al cuerpo, que sentía un frío que arañaba todo lo que no estuviera cubierto, Dalila encontró a su abuela sentada en el lecho a una hora en que acostumbraba a estar atareada con los quehaceres del día.

—¿Qué te ocurre, abuela? ¿No te encuentras bien? —le dijo mientras se acercaba.

—Ay, hija mía. Siento fiebre en el cuerpo y estoy un poco aturdida, como si la cabeza me diera vueltas sin permiso.

—Ven, acuéstate, yo te ayudo. No te preocupes por nada, que yo haré toda la faena y te cuidaré.

Y mientras Dalila arropaba a su abuela delicadamente, le pareció verla más pequeña, más menuda que el día anterior.

Recolocó una de las almohadas y posó su mano en la frente de Umki.

—¡Pero si estás ardiendo, abuela! ¡Por todos los dioses! Te prepararé un caldo de hierbas para que te mejores.

—No te preocupes por eso, que no tengo hambre—dijo Umki con voz débil—. Déjame dormir un rato. Y cuida de tu padre, que últimamente también parece enfermo.

—Descuida, abuela.

Y diciendo esto Dalila salió de la alcoba, con una doble preocupación: la salud de su abuela y la confirmación de que a su padre efectivamente también le ocurría algo.

Cuando llegó la noche, Dalila le sirvió la cena a su padre. Comieron en silencio. Ikasu apenas levantaba la vista del plato. En un momento determinado preguntó:

—¿Cómo está tu abuela?

—Tiene mucha fiebre. No quiere comer nada pero he conseguido que beba medio vaso de caldo. Estoy preocupada.

—No sufras, hija, que Umki es fuerte. Seguramente no será otra cosa que las fiebres de invierno y en unas semanas volverá a estar bien —dijo Ikasu, mirando un momento a su hija y procurando tranquilizarla.

—Eso espero, pero no sé: está tan mayor, tan cansada... —y callaron de nuevo hasta que terminaron de comer.

Cuando Dalila iba a levantarse para recoger lo que habían utilizado se armó de valor y preguntó:

—Papá —respiró hondo—, ¿tú estás bien?

—¿Cómo? —dijo Ikasu levantando los ojos de la mesa.

—Que si te encuentras bien.

—¿Yo? ¿Por qué lo dices? —Ikasu se mostraba sorprendido.

—Porque últimamente te noto más delgado... y más callado.

—No me ocurre nada, hija. Nada.

—Quizá estás preocupado, entonces —Dalila no cejó en su empeño—. Por algo del ejército.

—No, no.

Dalila se permitió una breve pausa, pero insistió, tratando de alcanzar a su padre, aunque fuera un momento, por algún otro flanco.

—¿Dónde has estado todo este tiempo? ¿Qué has hecho?

Ikasu la miró a los ojos, ligeramente sorprendido.

—Bien, ya sabes. Estuve más allá del Mar Salado. Con mis hombres —y calló.

—¿Y todo fue bien?

—Bueno, nos ocurrió algo curioso. Curioso y sorprendente, en realidad —miró a Dalila y vio que disponía de toda su atención, así que prosiguió—. El rey Margón, Padi, Isded y los otros dicen que posiblemente nos equivocamos en nuestra apreciación, y que es mejor no decir nada, pero la tropa no ha podido callar lo que vimos.

—¿Y? ¿Qué visteis?

Ikasu pareció dudar un momento, pero finalmente continuó:

—Te lo cuento no sólo por que en realidad ya se conoce sino porque te sé discreta.

—Sí, papá. No te preocupes por eso.

Ikasu respiró hondo y comenzó a hablar.

—Cuando regresábamos cada uno a nuestra ciudad, pasamos cerca de Hebrón. Enfrente hay un monte alto. Era ya la tarde. Quizá es que tuvimos la suerte de pasar por el lugar adecuado en la hora justa y oportuna; lo cierto es que uno de los soldados vio brillar algo en la cumbre. Como el soldado no sabía si había allí un templo o si, por el contrario, se trataba de algún espía que iba a alertar de nuestro paso para emboscarnos, notificó lo que había visto a uno de sus compañeros, por si acaso sus ojos le engañaban. Cuando ambos se cercioraron de que efectivamente alguna cosa brillaba allá arriba en el monte, informaron a los superiores. Decidimos, entonces, ir a ver qué era aquello, y formamos un pequeño pelotón. Yo iba al frente. Empezamos a ascender, primero por un sendero vagamente marcado en la ladera. Pero, a medida que subíamos, el camino se desdibujó, y tuvimos que ir sorteando matorrales y rocas, lo cual nos dificultó bastante alcanzar la cumbre. Ikasu se detuvo. Tomó aire tranquilamente y miró de nuevo a Dalila. Prosiguió su relato, gesticulando incluso de manera expresiva, contrastando con lo que la muchacha le había visto hacer en mucho tiempo.

—Cuando llegamos, intentamos localizar con exactitud el lugar de donde parecía proceder el reflejo que habíamos visto. No nos costó demasiado, pues se trataba de algo realmente grande. Yo lo reconocí enseguida, Dalila. Pero me parecía absolutamente increíble. Bueno, ahora que lo pienso mejor, y habiendo visto con mis propios ojos hace un tiempo lo que vi, igual ya no me costaba tanto de creer. Pero en aquel momento quedé asombrado y literalmente con la boca abierta. Oí que uno de los soldados preguntaba si en la antigüedad había habido allí arriba una ciudad o una fortaleza. Pero no se trataba de eso.

Ikasu calló un momento. Dalila le miraba con mucha atención, pendiente de sus palabras. Continuó:

—¡Era la puerta de nuestra ciudad, la de la muralla! La que aquel israelita, Sansón, arrancó de cuajo aquella noche que me contaste. ¡La llevó desde aquí hasta aquella cumbre, caminando durante horas! ¿Cómo es posible esto? ¿Qué humano puede arrancar él solo las puertas cerradas de una muralla, con pared y fundamentos? ¿Quién puede cargar ese peso por un instante y no perecer? ¿Qué dioses acompañan a ese hombre?

Hubo silencio otra vez, mientras Dalila asimilaba lo que su padre acababa de contarle. Finalmente preguntó:

—¿Es eso, entonces, lo que te preocupa?

—No, en realidad no. Creo que lo que debería preocuparme es que no me preocupa nada.

Dalila le miró a los ojos y vio que su padre terminaba su bocado, de modo que comprendió que la conversación había terminado. Mientras ella recogía, Ikasu se levantó y salió de la casa.

La mañana siguiente amaneció nublado, y la humedad calaba hasta los huesos. Dalila había pasado la noche pendiente de Umki y se sentía cansada. Al incorporarse del lecho y retirar el manto de lana que la cubría empezó a tiritar, así que se abrigó y fue a ver si su abuela tenía frío también. Observó que respiraba con menos desasosiego que el día anterior y al ponerle la mano en la frente comprobó que la fiebre había bajado considerablemente. Decidió calentar algo del caldo que había preparado el día anterior, pues a las dos les vendría bien tomarlo para espantar el frío durante un rato.

A mediodía pensó en ir a buscar leche para su abuela. Cuando salió del patio a la calle vio que se acercaba una mujer. Iba cubierta con un grueso manto, y su caminar era rítmico y elegante. Al acercarse la reconoció: era Yahira, la prostituta. Aún sin pinturas en el rostro era una mujer hermosa, con unos grandes y bellos ojos de color verde y la mirada penetrante. Cuando casi estaban a la misma altura, Yahira preguntó:

—Excúsame, ¿eres tú Dalila?

Dalila se detuvo en seco y la expresión de su cara dijo todo lo que su voz no habló. Yahira continuó:

—Eres Dalila, no hay duda, tan hermosa como siempre. No te sorprendas de que te busque: yo siempre localizo a las jóvenes más bellas de Gaza y alrededores.

—¿Qué quieres de mí? —dijo Dalila secamente.

—Creo que podría interesarte venir a mi casa. Allí dispondrías no sólo de todo lo que necesitas sino también de lujos y caprichos que ni en tus mejores sueños puedes alcanzar; mis sirvientas te atenderían como a una hija y podrías conseguir, con el tiempo, una pequeña fortuna.

Dalila no daba crédito a lo que oía. La ira y la vergüenza se abrían paso por su garganta, y en el momento de contestar su voz salió extrañamente oscura y ahogada:

—¿Por qué me dices esto a mí?

No pudo continuar.

—Te conozco desde pequeña: ya te he dicho que siempre me fijo en las mujeres bellas. Por cierto, tu madre fue muy hermosa también. Me fijé en ella en cuanto vino a vivir a la ciudad con tu padre. Pero claro, casada y enamorada como estaba de él, no me pareció oportuno proponerle nada.

—¿Y a mí sí?

Esta vez a Dalila le pareció que su voz sonó con un poco más de firmeza.

—No te abordé cuando eras perfecta para mí, a los diez u once años, pues siempre le doy oportunidad a la vida para que regale lo que desee a las personas. Además tenías un hermano pequeño al que le hacías de madre.

Dalila callaba. Ahora empezó a sentir tristeza también; una tristeza que a medida que Yahira continuaba hablando parecía que la hería como un puñal y le destrozaba las entrañas.

—Pero después, al ver cómo te iba con los hombres que escogías, volví a interesarme por ti. Soldados: si te gustan, podrás escoger a los mejores. Y no me mires sorprendida: yo lo sé casi todo; de lo que ocurre en Gaza, en las aldeas y en lugares verdaderamente lejanos.

Yahira hizo una pausa.

—Piensa en lo que te digo, y ya me responderás: tu abuela faltará cualquier día y ya ves que te quedarás sola. Porque tienes que saber, niña mía, que con los hombres nunca se puede contar, ni siquiera con padres y hermanos. Dime: ¿vas a pensártelo?

Dalila tardó en contestar. No porque tuviera duda de la respuesta que quería dar, sino porque le dolían el alma y el cuerpo, la boca y la lengua. Sólo pudo negar con la cabeza de manera imperceptible primero, con más fuerza después, mientras de su garganta empezaba a surgir a modo de susurro la palabra que quería gritar: «¡No!»

Dalila giró en redondo y comenzó a caminar, con la cabeza gacha y acurrucándose con sus propios brazos, mientras murmuraba a modo de rezo: «No, no, no...»

Aún escuchó a Yahira alzando la voz y diciendo:

—¡Mi ofrecimiento seguirá en pie durante algún tiempo! ¡No dudes en acudir a mí!

5

Umki

I

Dalila, frente al espejo, sigue viajando por el itinerario que le marca su corazón nostálgico. Sabe a ciencia cierta que en su Gaza natal hoy no suena el repiqueteo de los maestros armeros y no se escuchan las voces que van o vienen del mercado; incluso las risas de los juegos de los niños son distintas. La festividad en honor de Dagón es celebrada con alegría y ropas nuevas, y la mayoría de filisteos descansa de sus ocupaciones.

En el valle de Sorec, sigue oyendo la inquietante melodía que el viento entona esa mañana al colarse con fuerza inconstante entre los pinos cercanos. Y piensa en los conocidos con los que muy probablemente se topará en el templo de Tel Qalin, a la mayoría de los cuales no quiere ver. Se sonríe amargamente recordando a Ainod, aquel primer amor de niña vivido con tanta intensidad, como un sueño dulce y maravilloso; su mirada se endurece y un rictus de ira contenida se dibuja en sus labios cuando le viene a la mente Rigat, el hombre que la engañó desde el principio en nombre, de nuevo, del amor; también estará Yahira, más impresionante y seductora que de costumbre, pues se habrá acicalado de manera especial para la fiesta del dios... y para atraer a su casa a los principales de los filisteos, dejándose amar.

El amor. O no existe y es una simple quimera, o muy afortunados son los que lo encuentran. Sus padres quizá fueron unos escogidos de los dioses: Ikasu y Samai, Samai e Ikasu. Ellos sí se amaron. Umki. La mujer que entregó su vida gustosamente al cuidado de los demás: eso es amor también. Estas reflexiones vienen al corazón de Dalila mientras permanece inmóvil frente al espejo de plata bruñida.

En la fiesta encontrará al capitán del ejército que ideó la ruina de su alma, llevándola a cometer una traición vergonzosa... y que ella no puede perdonarse. ¿Cómo vivir con ese peso en el corazón día tras día? ¿El tiempo le ayudará a olvidar? Sabe que los recuerdos sólo duermen, y que pueden ser despertados al menor descuido, lacerando el corazón de nuevo casi como el primer día. Si el dolor que producen es ligeramente menor es debido únicamente a que son viejos conocidos y ya sabemos sus nombres, conocemos sus rostros y su modo de ser, y no nos sorprende lo que nos cuentan: ésa es la pequeña diferencia con respecto a lo que sucedió cuando ocurrieron de verdad.

Quien estará en la fiesta es Sansón. Por eso Dalila quiere ir; es por verle por lo que necesita ir. El corazón se le encoge de nuevo en el pecho, y le falta el aire. Es dolor físico lo que siente. Se levanta con brusquedad y se asoma a la puerta de la casa. Cierra los ojos para concentrarse en respirar. Escucha el viento, y permite que le acaricie cálidamente el rostro y la envuelva con sus perfumes. ¿Es posible no pensar?

II

Mi abuela sanó después de muchos días, cuando la luna volvió a estar en cuarto creciente. La fiebre la dejó al cabo de poco tiempo, pero se quedó sin apetito. Tardó mucho en recobrar las fuerzas, que ya no volvieron a ser las de antes. Fui consciente entonces de que mi abuela, tarde o temprano, también partiría de mi lado para siempre. ¡Qué dura y cruel es la vida, que no deja a nadie contigo para acompañarte en el camino, y la soledad de tu corazón sólo va de la mano de la certeza de la muerte!

Esperé a que mi abuela estuviera repuesta para proponerle que nos marcháramos de Gaza a la casa de su familia, donde ella había vivido siempre, en el valle de Sorec. Después de mi encuentro con Yahira sentía tanta vergüenza que evitaba salir de casa y, además, por primera vez, la ciudad me ahogaba y sus murallas me oprimían. ¿Cómo había llegado ella a la conclusión de que yo podía estar dispuesta a dar amor a cambio de ganancias? ¿Qué pensó que buscaba yo en Ainod y en Rigat?

¿No comprendía que lo único que deseaba era amar y ser amada? Porque aunque no había tenido mucha suerte, algo dentro de mí me decía que podía ser real, que podía darse el caso de un amor que fluye de manera natural y sin poder evitarlo, que pierde el corazón y la cordura, pero que no siente temor sino al contrario, sabe ya dónde encontrar cobijo, compañía, consuelo, apoyo y refugio. Quizá parecido al de mis padres.

Mi abuela me miró sorprendida cuando le hablé de la mudanza, y me preguntó:

—¿Por qué, Dalila? ¿Qué ocurre?

Y al encarar sus ojos preocupados se me pasaron inmediatamente las ganas de referirle la mentira que había urdido para hacerme más llevadero el momento de argumentar el cambio: que en realidad era por ella, por su salud, que en su casa estaría mejor que en ninguna parte y que, puesto que en Gaza ya nadie nos necesitaba apenas, yo estaba dispuesta a acompañarla con mucho gusto. Pero, finalmente, le dije que no me preguntara, por favor, que quizá algún día se lo contaría, que en aquel momentono me veía con ánimos para hacerlo.

—Bien —dijo ella—. Pero deberás hablar con tu padre. ¿Quién le atenderá si nos vamos las dos? Aunque es cierto que por Numar no debemos preocuparnos, si Ikasu se queda solo puede incluso llegar a enfermar.

—¿A enfermar, abuela? —no añadí que eso me parecía una locura o una tontería, porque había aprendido a confiar en su certera visión anticipada.

—Sí, hija mía; sí. Habla con él primero.

Así que, siguiendo las indicaciones de mi abuela, y sabiendo que solía tener razón en sus apreciaciones, aquella noche abordé a mi padre, con cierto temor y ansiedad. Cuando ya vi que apuraba su cena, le dije:

—Papá, la abuela y yo quisiéramos trasladarnos a vivir a su casa en el valle, pero nos preocupa que tú te quedes aquí solo sin que nadie te atienda.

Mi padre levantó la cabeza, y no acabé de comprender a qué venía esa leve expresión de alivio que creí adivinar en su cara. Incluso me pareció que sus ojos sonreían ligeramente. En un primer momento pensé que quizá sabía lo que me había propuesto Yahira, y que no quería pasar vergüenza por mí; pero inmediatamente me vino a la cabeza que tal vez lo que deseaba era que nos marcháramos para traer a su casa a otra mujer. Sea como fuere, no me sorprendió, entonces, la respuesta que le escuché:

—Me parece bien.

Lo que sí me extrañó fue lo que añadió a continuación, después de una pausa larga y una respiración profunda:

—¿Y podrá visitar a su hija con frecuencia un viejo soldado que no tiene, que no sabe, a dónde ir?

Y me sonrió. Me sonrió abiertamente, como yo no recordaba desde niña. Me encontró tan desprevenida que se me humedecieron los ojos. Así que parpadeé con fuerza, para que no se me escapara ninguna lágrima, y bruscamente comencé a recoger lo que había encima de la mesa. Creo que me llevé incluso lo que aún no había terminado de comer mi padre, pero no dijo nada. Se levantó y salió al patio. Cuando terminé de poner orden en la pieza y de organizar todo lo que habíamos usado, me asomé a la puerta. Y le vi como le había visto muchas veces antes: de pie, mirando a poniente, con la mano apoyada en la higuera. Sólo que esa vez me pareció que quizá se le veían los hombros un poco caídos y la espalda levemente encorvada.

Cuando sabes que vas a partir de un lugar en el que has vivido durante largo tiempo y al que difícilmente regresarás, cobran valor un sinfín de detalles que, por cotidianos, antes habías ignorado. Y eso fue lo que me ocurrió durante los días en que disponíamos nuestra marcha de Gaza. Porque los sonidos de mi ciudad, especialmente los de los artesanos de los metales, me parecían música para oídos escogidos, puesto que probablemente fuera de allí no serían tan frecuentes ni se escucharían desde tantos lugares a la vez. Y las voces y los gritos en el mercado, y el olor de las verduras, de los aceites, de las pieles, todo me parecía en aquellos días irrepetible en otra parte, al menos con aquella luz y aquel color que me eran tan familiares.

Iba a la fuente a diario. Pero la mañana anterior a nuestra partida me tomé tiempo para despedirme del lugar. Fui más temprano que de costumbre, casi al romper el alba, para no encontrarme con nadie. Aunque ya estábamos en primavera, hacía bastante frío a esa hora. Recuerdo que dejé el cántaro cerca del grueso chorro de agua y me senté en una roca que había allí a modo de banco. Cerré los ojos y aspiré con avidez aquel aire húmedo, al tiempo que escuchaba el sonido de los árboles que rodeaban el lugar meciéndose tranquilamente, como si se desperezaran. En mi mente vi los hermosos días en los que acompañaba a mi madre a buscar agua, y luego todos los demás, cuando iba sola, hasta los días felices en que Ainod me cortejaba. No sé cuánto tiempo permanecí así, pero lo cierto es que en un determinado momento fui consciente de nuevo del sonido de la fuente, del canto de los pájaros, de la piedra fría en la que estaba sentada, y abrí los ojos. Me levanté como una convaleciente, tomé el cántaro y lo acerqué a la fuente hasta llenarlo. Durante el camino de regreso a casa quise atrapar, para poder fijarlo en mi memoria, todo lo que se me presentó delante de los ojos: las sombras en la curva que ascendía ligeramente hasta la plaza, las casas teñidas del color del sol naciente, los cipreses, los pinos y los olivos dispersos aquí y allá, y las caras conocidas de mis vecinos más madrugadores, a los cuales quizá no volvería a ver nunca más.

Y me pregunté, más seriamente que nunca, por qué yo no tenía amigas, como mis vecinas. No es que no nos ayudáramos las unas a las otras en momentos de necesidad, pues nos visitábamos y preparábamos presentes útiles cuando alguien caía enfermo o se producía un nacimiento o una muerte. Pensaba en aquella intimidad de quienes se cuentan todas las cosas que les suceden en la vida, que les comentan a los demás todo cuanto ocurre y que juzgan, muchas veces con sabiduría, incluso los inciertos y tortuosos destinos de un pueblo entero. De niña había jugado y correteado por las calles y los campos con otros niños y niñas de la ciudad. Pero quizá al enfermar mi madre, lo que podía haber permitido el cultivo de alguna buena amistad cambió, y me volqué en el cuidado de Numar y en ayudar a mi abuela en las tareas de la casa. No sé. Quizá es que todas las mujeres de mi familia éramos poco sociables. Lo cierto es que, en ese sentido, la marcha de Gaza no suponía dejar atrás a ninguna persona a la que yo fuera a echar especialmente de menos. Pero también significaba que, ciertamente, había vivido muy sola durante todos aquellos años.

La última noche, cuando terminé todas las tareas y dispuse para el viaje los últimos objetos que estábamos utilizando, esperé hasta que mi padre y mi abuela se recogieron en su alcoba. Entonces salí al patio, bien abrigada, y subí a las ramas de la higuera, hasta el lugar en que de niña me sentaba apoyada al tronco y comía los higos recién cogidos a finales del verano, o contemplaba los rayos del sol filtrándose entre las grandes hojas, la ciudad palpitando de manera distinta dependiendo de la hora del día, o el cielo cambiante según el capricho de los dioses. Aquella noche, iluminada de nuevo por una luna creciente, me sentía acomodada en un extraño sillón de plata. Y sin cerrar los ojos, pero viajando de nuevo al pasado, vi a mi madre una tarde soleada de verano sentada en su silla y diciéndome:

—¡Dalila! Baja de ahí que puedes caer; eres demasiado pequeña para estas hazañas.

—¡Que no, mamá! ¡Mira qué bien sé trepar! ¡Seguro que soy la mejor de toda Gaza subiendo a una higuera!

—Y seguro que también conseguirás el chichón más grande de toda la ciudad. ¡Es mejor que bajes!

Pero yo reía mientras me sentaba a horcajadas y replicaba:

—¡Mamá, déjame sólo un poquito, que ahora ya estoy aquí arriba! Bajaré con mucho cuidado...

—De acuerdo; pero cuando vayas a hacerlo, avísame, que vigilaré —contestaba ella condescendiente.

Mi madre. Mi madre, la higuera y el patio en verano. Y comencé a llorar, sin saber muy bien por qué, sin poder controlar los sollozos, tapándome la boca con las manos y con el manto que me cubría, para que nadie me oyera, aquella noche de luna fría.

III

Dalila se despertó por el estruendo de los truenos. La lluvia caía con fuerza sobre el terrado de la casa y, aunque seguramente ya era hora de clarear, la oscuridad era absoluta por las nubes de tormenta que cubrían el cielo. Desde el lecho podía apreciar el momento de la caída de los relámpagos, pues su resplandor se colaba desde la puerta de la casa y por la ventana cerrada. Era la primera vez que llovía en todo el verano, y lo hacía con la furia de las tormentas de esa estación. Pensó que podía permitirse el capricho de permanecer un rato más acostada, pues muchas de sus tareas eran en el exterior de la casa, de manera que de momento tendrían que esperar.

—Dalila... —se oyó la voz de Umki en la oscuridad.

—Sí, abuela —dijo, incorporándose con rapidez y acercándose a su lecho, que estaba pegado a otra de las paredes de la pieza—. ¿Qué quieres?

—Tengo frío. ¿Puedes cubrirme con el manto nuevo de Numar, que es el que más abriga?

Dalila fue con diligencia a buscar el manto y se lo extendió por encima, arropándola con cuidado. Últimamente Umki era más friolera; quizá fuera que envejecía rápidamente o que se movía menos. Porque lo cierto es que desde que llegaron a Sorec había dejado la mayoría de los quehaceres que solía llevar a cabo en manos de Dalila, y pasaba muchas horas descansando a la sombra de un viejo granado que había al lado de la casa.

Los primeros días en el valle fueron de gran trajín, pues hubo que acondicionar la antigua morada de Umki, deshabitada desde que falleció la última de sus hermanas. Aún cuando Dalila había dispuesto todas sus cosas de la manera que le pareció más práctica y agradable, la verdad es que se sentía extraña en aquel lugar. Muchas mañanas al despertarse y abrir los ojos se daba cuenta de que ya no estaba en su casa de Gaza y se sorprendía al encontrarse en ese otro cuarto; lo mismo le ocurría con frecuencia por las noches y, entonces, quizá debido a la oscuridad, su corazón sentía una ligera punzada de añoranza de lo que había sido su vida con anterioridad.

Aquel primer verano Ikasu estuvo con Dalila y con su suegra en la nueva casa en muchas ocasiones. Parecía que siempre le venía de camino acercarse y pasar una noche, o unos días, ya que su labor en el ejército, a causa de su madurez, había variado ligeramente y más bien se le requería cuando había que deliberar y tomar consejo antes que para acciones concretas que supusieran entrar en combate. Lo curioso para Dalila era que parecía aliviado, como si el nuevo domicilio quitara de sus espaldas un peso que por muchos años hubiera llevado a cuestas, y su humor había mejorado. En numerosas ocasiones Umki le miraba desde lejos y sonreía al ver a su yerno más alegre y con más vitalidad.

—¿Te has fijado, abuela? ¿No te parece que mi padre está más contento de vivir aquí que en Gaza?

—Sí, hija. Y eso es bueno. Aprovecha para acercarte a su corazón, que te necesita —respondió la anciana asintiendo con la cabeza.

—¿A mí? —respondió Dalila con sorpresa—. Más bien creo que quizá necesitaría una esposa nueva...

—Puede ser; pero tu compañía le hace mucho bien.

Esto hablaban sentadas a la puerta de la casa, mientras desgranaban legumbres para la cena. El valle de Sorec se extendía frente a ellas, más verde y frondoso que los alrededores de Gaza. Apenas se trataba de una aldea: las casas y varias cabañas se encontraban dispersas, normalmente ubicadas cerca de alguna fuente o algún pozo de los que allí abundaban. En lugar de olivares, que también los había, veían ante sí una gran diversidad de árboles frutales que a pleno sol podían distinguirse desde lejos por el matiz de sus tonos verdes: ciruelos, perales, higueras y manzanos; y altos olmos y hayas, así como grandes arbustos de laurel y muchos zarzales. Y muchas viñas, por lo que se le conocía como el valle de las uvas.

Numar no apareció por la casa hasta bien entrado el otoño, y venía cargado de noticias e historias que había oído aquí y allá por todo el territorio donde había estado.

—¿Recordáis aquel israelita llamado Sansón? —comentó una noche, mientras avivaba el fuego—. Es juez entre sus hermanos. Les gobierna y dirime entre ellos las cuestiones y los pleitos que le presentan. Si la fuerza que parece ser que tiene...

—¡La tiene, hijo, la tiene! —intervino Ikasu—. ¿No recuerdas lo que vi con mis propios ojos, cómo él solo mató a mil hombres? No dudes que tiene esa fuerza descomunal.

—¡Y que yo le vi arrancar la puerta de la muralla de Gaza y llevársela a cuestas! —dijo Dalila.

—Pues a eso voy: ¿no es realmente peligroso que nuestros enemigos tengan como jefe a alguien de estas características tan excepcionales? Cuando se lo propongan, nos aniquilarán. Porque no necesitarán ejércitos, como el resto de los pueblos: ¡sólo le necesitan a él! Y si deciden acompañarle a modo de batallón, por pocos israelitas que se junten... podríamos pasarlo francamente mal.

—Pero no deja de ser curioso —apuntó Dalila—, que siendo esto así, sigan sujetos a nuestro dominio, cuando podrían ser ellos los que nos sojuzgaran a nosotros. Aquí hay algo que no encaja.

Entonces habló Umki, desde su silla, más cercana al fuego que las demás, con una voz bastante apagada:

—Quizá no es la hora en el tiempo de los dioses...

—¿Qué dices, abuela? —preguntó Dalila.

—Que quizá no sea la hora en el tiempo de los dioses.

Su voz fue adquiriendo fuerza a medida que hablaba:

—Ellos hacen y deshacen a su antojo, sin importarles si actúan conforme a lo que esperan los hombres. ¿Por qué, si no, por ejemplo, habrían de llevarse para siempre a los niños y a los jóvenes, dejando a los viejos el don de días inútiles y dolorosos?

—Pues quizá sea eso —prosiguió Numar—. Que nuestros dioses no nos acompañan. Nosotros, para conquistar una plaza, una ciudad, llevamos muchos años entrenando a nuestro ejército, preparando las armas, construyendo fuertes carros... Y la mayor parte del esfuerzo lo invertimos en mantener nuestras posiciones, en afianzar nuestro dominio y en garantizar la recogida de los impuestos.

—Pues quizá sea preferible —terció Ikasu— que los dioses de Israel no levanten el corazón de su pueblo contra nosotros, pues no podríamos hacer apenas nada...

—¿De dónde crees que le viene la fuerza? —preguntó Dalila a Numar.

—Nadie sabe cuál es el secreto. Se especulan muchas cosas, cada cual inventa una, pero lo cierto es que nadie lo conoce. En Timnat contaban que había despedazado a un león joven y fiero que iba a atacarle, ¡sin nada en las manos! Claro que eso no es nada en comparación con los estragos que hace entre nosotros. Te aseguro que si cualquier soldado filisteo cree ver, aun a lo lejos y yendo en nutrido grupo, a un hombre grande y solitario con el cabello largo sujeto en trenzas, no se entretiene en valorar cuál puede ser la mejor estrategia para atraparlo: ¡simplemente huye!

—No es de extrañar... por más valientes que seamos los soldados... —apostilló Ikasu—. Nadie puede salir con vida con un enemigo así, y no tiene sentido sacrificarse por nada.

Aquella noche, Dalila pensó de nuevo en Sansón. Su imaginación se despertaba ante narraciones que parecían leyendas antiguas, pero que, por lo que se veía, eran tan reales que constituían una pesadilla para su pueblo. Y su curiosidad crecía en la misma medida en que todo el asunto aparecía en forma velada y de misterio, en el que había quizá un secreto por descubrir.

IV

El movimiento inhabitual de los soldados en el valle de Sorec, en pleno invierno, alertó a sus habitantes de que sucedía algo grave. Parecía que todo el ejército estuviera movilizado, pues a todas horas se podía localizar en uno u otro lugar un pelotón de cincuenta hombres como mínimo. Los viajeros y comerciantes que se acercaban al valle también referían que se habían topado en diversas ocasiones con patrullas de soldados que preguntaban a todos los que encontraban a su paso. Buscaban a ese tal Sansón que, al parecer, se encontraba de nuevo en la zona, oculto en algún lugar.

Ikasu y Numar también habían sido requeridos, y Dalila se hallaba en la casa, especialmente al cuidado de Umki, acompañándola y atendiéndola con dulzura. Pues aunque la abuela se levantaba todos los días y realizaba algunas tareas domésticas, Dalila debía ir detrás para comprobar que todo estaba bien hecho. La práctica de toda una vida y la buena disposición para el trabajo de Umki no eran ya suficientes para garantizar la buena realización de lo que atendía, y ella misma era consciente. Dalila vigilaba atentamente cuando su abuela salía al huerto a recoger alguna hortaliza o alguna fruta, pues temía que cayera al tropezar con alguna piedra o cualquier otra cosa, o que diera un mal paso y resbalara. La veía tan frágil que le daba la sensación de que podría incluso romperse en pedazos. Y también se preocupaba especialmente cuando la veía trajinar con el fuego. Pero disimulaba y, cuando hablaba con ella, trataba de quitarle importancia a los errores que cometía: «¡Claro que te olvidas de alguna cosa! ¡Tienes tantas que atender en tu cabeza!»; o, «¿Cómo vas a llegar ahí arriba si no llego ni yo?».

Aún con todo esto, Dalila se sentía extrañamente expectante por la supuesta presencia cercana de Sansón. Quería tener noticias fiables, de primera mano, como las que proporcionaban su padre y su hermano, pero como no estaban, debía conformarse con los rumores que traían los vecinos. «Dicen que, enojado porque no le acogieron en una casa a las afueras de Ecrón una noche de una tormenta terrible, arremetió contra la pared principal y derribó la casa, con todos sus moradores dentro, los cuales murieron». «En Gat, al no tener con qué sacar agua de un pozo, desmontó piedra a piedra en un momento la construcción haciendo un gran foso, hasta que pudo beber con sus propias manos». «Un pelotón entero de soldados fue aniquilado cuando le sorprendió durmiendo en el campo e intentó capturarlo en ese momento de indefensión». «Dicen que se oculta en alguna cueva cerca del valle: tened mucho cuidado».

Pasaron las semanas, sin embargo, y se dio por hecho que Sansón había huido del lugar, de manera que los soldados desaparecieron de la vida cotidiana en el valle de Sorec y todo volvió a ser tranquilo y sin demasiadas novedades, hasta que llegó

Ikasu. Refirió que el intento de captura de Sansón había sido para aprovechar la información que en aquel momento llegó a Ecrón de que estaba localizado en la zona, pero que la prioridad del ejército no era un solo hombre. Que se dudaba que actuara sin ayuda, que empezaba a considerarse que la imaginación popular magnificaba la fuerza del hombre... y que si alguien opinaba otra cosa se trataba de personas crédulas y con debilidad de la mente, ambas poco dignas de soldados del ejército filisteo, el mejor preparado del mundo.

—¡Pero si yo vi cómo se llevaba la puerta de la muralla! —casi gritó Dalila.

—Y yo vi lo que ocurrió en Lehi... y la puerta de Gaza allá arriba, cerca de Hebrón...

—¡Qué gran error! —dijo Dalila negando con la cabeza y tapándose la boca con las manos.

—Lo más grave —añadió Ikasu después de una pequeña pausa— es que damos ventaja al enemigo si lo subestimamos, si menospreciamos y no valoramos cabalmente su capacidad de hacernos daño, ignorando lo que conocemos a ciencia cierta.

—¿Y tú no dijiste nada?

—Ya conocían lo que tanto yo como otros compañeros hemos vivido, viendo con nuestros propios ojos y sufriendo en nuestras carnes la fuerza sobrenatural de ese hombre. Yo no digo que la gente del pueblo no fabule algunas de las hazañas que se atribuyen a Sansón. Pero dudar de lo que referimos los soldados... ¡eso ofende toda una vida de dedicación y entrega a la defensa del pueblo filisteo!

—¿Y quiénes son los que ponen en tela de juicio lo que muchos sabemos a ciencia cierta? —dijo Dalila en tono desafiante.

—Son sobre todo jóvenes capitanes, hijos de familias principales. Me imagino que quieren ganar posiciones ahora que el rey Margón está viejo y puede haber cambios en el gobierno de Gaza. También hay algunos personajes de dudosa calaña de las otras ciudades cuya ambición de poder pasa por delante incluso de la seguridad de todos los filisteos, y buscan notoriedad a costade lo que sea... —Ikasu se detuvo un instante para tomar aire sonoramente—. Corren malos tiempos, hija mía...

6

Ikasu

I

El invierno en el valle de Sorec era más húmedo que en Gaza, y Umki lo sentía calar hasta el tuétano de sus viejos y cansados huesos. Por más ropa que llevara encima no conseguía entrar en calor. Se fijaba en Dalila, en la ropa de abrigo que usaba y en que no parecía sentir frío. Y se recordaba a ella misma, no ya de joven, sino simplemente veinte años atrás, antes demarchar a Gaza, sin este frío instalado en su interior, y con fuerzas todavía para afrontar la vida aunque viniera complicada. Pero ahora que el vigor la abandonaba no quería engañarse: no contaba con que se presentaran tiempos mejores en adelante, ni con una salud más fuerte. Las canas y las arrugas eran viejas compañeras suyas desde hacía los suficientes años como para que ahora le supusieran una pena añadida... pero si pasaba su mano por sus cabellos, los notaba menos numerosos, y si por la cara, los surcos eran más profundos y la piel más seca. ¡Qué triste ser consciente del propio envejecimiento y de la cercanía de la muerte! ¡Y qué frío producía esta anticipación también en el alma!

Todos los días, Dalila seguía observando a su abuela y la melancolía silenciosa que arrastraba a todas partes. Y ella misma iba contagiándose. Cuando Umki se sentaba al mediodía cerca del viejo granado buscando el sol en invierno, era cuando Dalila aprovechaba para realizar los quehaceres que la alejaban de la casa. Y había descubierto un rincón, casi un refugio, protegido por grandes robles, que le permitía contemplar todo el valle. Allí cerca había una pequeña casa adosada a un horno de cerámica, en la que vivía una mujer joven llamada Qala que tenía una niña pequeña y estaba embarazada. Su marido, el artesano, fabricaba distintas piezas que luego vendía por las aldeas de los alrededores. Cargaba su carro con platos, vasos y vasijas y emprendía breves viajes hasta que consideraba que había obtenido suficientes ganancias para cubrir sus necesidades, y entonces regresaba. En una ocasión en que el hombre había ofrecido la mercancía en su casa, Dalila se había fijado en que la calidad de la cerámica era buena, pero su decoración no era tan delicada como la que ella había contemplado en las tiendas de los mercaderes de Gaza, en casa de Talir, por ejemplo.

—Mi marido es un buen artesano —explicó sonriente la vecina a Dalila—. Algunas de las piezas las realiza por encargo, pero en general trabaja lo que la gente de aquí necesita. Pero ven, que te mostraré qué es capaz de hacer.

Conoció a Qala una mañana en que la oyó reír mientras jugaba con su hija, que también reía a carcajadas. Se aproximó como de paso cerca de la casa y saludó. Al cabo de unos instantes, Dalila estaba en el taller admirando dos vasos bellísimos, decorados en ocre y azul con motivos de aves y plantas, con un trazo fino y firme a la vez, de tal manera que parecía que las plumas y las hojas en las ramas flotaban sobre el vaso.

—¡Qué preciosos! —exclamó Dalila.

—¿Verdad que sí? Yo le digo que es un artista, y mi marido sonríe satisfecho. A veces pienso que podría trabajar decorando la casa de un príncipe o las columnas de un templo, ¿no crees?

—¡Seguro que sí! Lo cierto es que nunca he visto nada igual —dijo Dalila con sinceridad.

—¿De dónde eres? —preguntó Qala.

—De Gaza.

—¡Pues le diré a mi marido que ni en Gaza hay nada tan hermoso como lo que él hace! Este vaso lo hizo para mí, me lo regaló el día en que nos casamos. Y éste lo hizo para la niña. Seguro que tiene escondido en alguna parte otro para cuando nazca el chiquillo...

Dalila se sentía bien con Qala, pero muchas veces prefería estar sola en su nuevo observatorio. Contemplaba el valle. Pero poco a poco las montañas que lo rodeaban le comenzaron a parecer murallas que la aprisionaban. En ocasiones alzaba los ojos al cielo y veía pasar las nubes, y se decía: «Cada uno de nosotros es como una de esas nubes: siempre acaba cruzando por su camino, y no vuelve y nadie se acuerda de ella; unas van más deprisa, otras más lentamente. Algunas cambian de forma, otras se deshacen, y ni aun las más grandes e impresionantes como las de tormenta duran para siempre. Volveré aquí mañana y ni una sola de las nubes que veré será la misma que he contemplado hoy...».

A veces se entretenía mirando las casas y cabañas, y el corazón se le encogía. «Cuántas soledades, cuántas tragedias esconderá cada una de ellas». Dalila se estaba ahogando. Se sentía atrapada en ese lugar extraño e intuía que le faltaba algo. Llevaba prendidas en los pies la pena y la soledad, como cepos que no permiten caminar, que no dejan volar. Y se preguntaba: «Cuando tenga la edad de mi abuela, ¿quién seré? ¿Qué habré hecho con mi vida? ¿Habré sobrevivido al sufrimiento? ¿Me acordaré de hoy?»

II

Aquella tarde estaba agachada atándome bien una de las sandalias, pues se me había aflojado camino de la fuente. El torrente bajaba con fuerza y el ruido era ensordecedor. Se intuía el canto de los pájaros y el sonido del viento al columpiar los árboles, pero lo que predominaba era el agua abriéndose paso después de caer en forma de lluvia toda la noche en lo alto de las montañas, como si ahora quisiera acelerar su llegada al caudal ya más calmado que cruzaba el valle. Al levantarme me sobresalté, pues un hombre se encontraba a pocos pasos de mí, y no lo había oído llegar. Le miré, primero con desconfianza, pero luego le reconocí. Alto y grande, venía a refrescarse a la fuente, pues estaba sudando. Llevaba el pelo muy, muy largo, recogido en unas gruesas trenzas.

—No te asustes —me dijo, alzando la voz por encima del estruendo, mientras dibujaba un gesto conciliador con la mano—. Tengo sed...

Me quedé callada en un primer momento, creo que con los ojos muy abiertos, y luego me esforcé por controlar una sonrisa que quería escapárseme por los labios. No sentía miedo, aunque no sabía por qué. ¡Si aquel hombre era el fiero israelita que hostigaba siempre que podía a los filisteos! Pero se le veía cansado y, aunque intentaba sonreír, sus ojos... ¡su mirada era tan triste!

—¿Puedo beber con el cazo que tú traes? —me preguntó.

—Sí, claro. Cógelo tú mismo —le dije mientras me sentaba en un tocón situado cerca de un gran romero. Arranqué una ramita tierna, y la olí cerrando los ojos un momento. Le observé mientras se movía, al llenar el vaso, bebiendo, conté sus trenzas, siete, sus hombros anchos, piernas robustas... y, en un instante, sin que una sola palabra en concreto cruzara mi pensamiento, y sin que analizara detenidamente lo que veía, lo que iba sucediendo, supe que aquel hombre era vulnerable.

Cuando terminó de beber dejó el cazo encima de una piedra, tomó mi cántaro y lo llenó, colocándolo después con cuidado en el suelo. La verdad es que en sus manos el cántaro parecía pequeño, tan grande era él. Al verme sentada tranquilamente se sentó también, él al lado de la fuente. Me miró a los ojos y me sonrió con franqueza.

—Eres muy bonita —comenzó—. ¿Cómo te llamas?

—Dalila —recuerdo que respondí ladeando la cabeza para que mi pelo ondulara, a la vez que ponía unos ojos seductores.

—¡Oh, ya veo! «La que tiene la llave».

—¡Eres muy listo, tú!

Le hizo gracia que le dijera eso, y soltó unas sonoras carcajadas que se oyeron con nitidez a pesar del ruido del torrente.

—Sé quién eres —le dije, y pareció inquietarse—. Tú eres Sansón.

Me miró con atención, pero no se movió. Evidentemente consideró que yo no podía hacer nada que le pusiera en peligro, por lo menos no en ese momento. Y yo aproveché para sonreírle. Y volví a ver en sus ojos aquella tristeza honda. Se levantó para marcharse y dudó un momento antes de preguntarme:

—¿Podré volver a verte?

—Si tú quieres...

Por una vez sería yo quien iba a jugar al amor. Me dejaría querer, que bien lo necesitaba. Y le daría a Sansón lo que él demandara. Por cierto que me había parecido que no sería demasiado complicado. Al fin y al cabo, pensé, vuelve a ser primavera...

III

Había días en que el bosque del valle parecía más tupido y fresco, más oloroso y colorido. Quizá era sólo la primavera, o quizá también tenía que ver con el corazón. Esto pensaba Dalila mientras regresaba de su refugio escondido, con un pequeño cesto en la mano lleno de frutos del bosque.

No había vuelto a ver a Sansón, pero sabía que él regresaría. Y esto le hacía sentirse mayor, casi vieja. Porque antes nunca había sido capaz de anticipar con tanta certeza el comportamiento de una persona como para saber lo que sucedería. En su vida, todo había ocurrido por sorpresa, encontrándola desprevenida. Ahora intuía unas normas, unos patrones, que quizá se repetían vez tras vez y que permitían, una vez observados, predecir lo que ocurriría más adelante en una situación parecida. Quizá ése era el secreto de su abuela Umki: había vivido lo suficiente como para que casi nada escapara a su comprensión.

En el aire revoloteaba un sinfín de insectos, sobre todo en los espacios soleados; otros saltaban por encima de las hierbas altas y las flores, produciendo un zumbido persistente que era la música diaria de aquel lugar. Dalila oyó que se acercaba un carro y se detuvo para mirar hacia atrás y dejar paso libre. Era Finei, el marido de Qala, con Numar sentado a su lado.

Cuando vieron a Dalila, redujeron la marcha y Numar saltó, adelantándose para encontrarse con ella.

—Hola, Dalila —dijo Numar, mientras con la mano acariciaba torpemente los cabellos de su hermana, en un gesto no demasiado habitual en él.

—¡Hola, Numar! ¡Qué alegría verte! ¿Va todo bien?¿Cuánto tiempo vas a quedarte?

—Traigo a nuestro padre en el carro, Dalila. Está herido...

A Dalila se le cayó el cesto que llevaba en las manos, desparramándose por el suelo toda la fruta que había recogido. Y corrió en dirección al carro.

—¡Pero sanará! —gritó Numar, al ver la preocupación de su hermana. Acomodado entre algunas de las vasijas que fabricaba Finei se encontraba Ikasu acostado, arropado con su propia capa y un manto viejo de los que usaba el artesano para envolver su mercancía.

—¡Papá! —gritó Dalila al ver a su padre.

—Hija... hola...

—¿Qué te ha pasado?

La muchacha miraba atentamente el cuerpo de su padre para calibrar la gravedad de su estado.

—Estoy bien, estoy bien...

—¡Claro que estás bien! Por eso vienes en un carro en lugar de a pie, ¿eh? ¿Qué te han hecho?

—No es nada, sólo un golpe en las costillas...

Le explicó que en una refriega de sus hombres contra unos cananeos le habían asestado un golpe con una maza, y que gracias a la malla de bronce que llevaba protegiendo su pecho el perjuicio no había sido mayor.

Ya en la casa acomodaron al herido en la pieza que daba al sur, para que tuviera luz y sol durante la mayor parte del día. Umki preparó un caldo de verduras y Dalila ofreció a su padre fruta fresca y aceitunas, pero lo que Ikasu necesitaba era descansar. Así que tomó un tazón de caldo, y durmió hasta el anochecer.

Numar le contó a Dalila que estaban teniendo problemas al norte, y que la convivencia entre filisteos, cananeos e israelitas era muy complicada, con tan poco territorio para tantos pueblos distintos.

—La consigna que hemos recibido es atacar de manera sistemática todas las aldeas que hacen frontera con nuestro territorio, para que no olviden quién manda aquí. No se trata de presentar batalla a las grandes ciudades, que podrían defenderse, sino a las pequeñas, para mantener su temor y su respeto pero sin provocar un deseo de venganza que les haga unirse contra nosotros...

—Sí que es complicado todo esto que me cuentas —dijo Dalila pensativa, meneando la cabeza.

—Son los asuntos de estado, las estrategias que deciden los gobernantes y que nos atrapan a nosotros, los soldados y el pueblo, justo en medio —Numar calló un instante—. ¿Quién va a luchar en primera línea día tras día? Los soldados, tanto si el plan tiene algún sentido como si no. ¿Quién recibe los ataques en un primer momento? Vosotros, los que vivís desprotegidos, fuera de las ciudades amuralladas, dejados de la mano de los dioses... A veces me pregunto si las cosas podrían ser de otra manera, pero está visto que no...

—En todo caso —dijo Dalila mirándole a los ojos—a nosotros nos ha tocado vivir en este tiempo, en este lugar y en estas circunstancias...

—Y no sirve de nada lamentarse —intervino Umki, que había seguido la conversación mientras machacaba granos de trigo para convertirlos en harina y así poder preparar una papilla para Ikasu que le resultara fácil de comer.

—Eso es, abuela —dijo Numar—. Lo mejor es adaptarse y procurar salir adelante de la mejor manera posible.

Después de cenar y de haber atendido a su padre, Dalila y Numar se sentaron a la puerta de la casa, en un pequeño banco de madera que había junto a la pared.

—Dalila, tengo que partir mañana antes del amanecer. Mi compañía está lejos. Fue una casualidad que supiera que habían herido a nuestro padre y que me concedieran permiso para acompañarlo hasta aquí.

—Ya me imaginaba que no podrías quedarte mucho tiempo —Dalila hizo una pausa—. Hazme un favor: cuídate mucho, Numar; cuídate mucho. Eres muy joven todavía, en realidad casi un niño. Sé que no te va a gustar lo que te voy a decir ahora —Dalila se detuvo otra vez, intentando imprimir gravedad a sus palabras para que calaran hondo en el corazón de su hermano—. No te hagas el valiente, que no hace falta. No me mires así: ya sé que sueñas con ser un soldado aguerrido tenido en alta estima por los tuyos y temido por los enemigos. Pero la verdad es que yo te prefiero simplemente vivo. Umki se va. Mamá ya se fue hace mucho tiempo. De poco ha ido que papá no nos dejara ahora. Tú cuídate mucho, por favor.

Permanecieron callados durante un buen rato, con la espalda apoyada en la pared, mientras contemplaban la noche en el valle iluminado por un gajo de luna que colgaba en lo alto del firmamento, y escuchaban la pequeña sierra de los grillos, las ranas croando en las charcas, los árboles meciéndose tranquilamente.

—Voy a acostarme —dijo Numar.

—Buenas noches, que descanses —respondió Dalila, y le observó con ternura mientras se alzaba del banco y entraba en la casa.

Ikasu fue mejorando poco a poco. Pasados no muchos días, ya se levantaba para sentarse en una de las tumbonas que Dalila colocaba cerca de un pino joven de apenas cuatro codos de altura para disfrutar de la tímida sombra que ofrecía.

Aquel verano Dalila escuchó a su padre. Pensó que poniendo juntas todas las palabras que le había oído durante toda su vida, no llegaban ni a una pequeña parte de lo que en esos días le contaba. Un mediodía le habló de Samai.

—Conocí a tu madre aquí en el valle, cerca de la fuente que hay junto al torrente. Patrullábamos por la zona, siempre atentos a posibles emboscadas enemigas.

La mirada de Ikasu se perdía en otros tiempos, como si éstos pudieran verse con los ojos.

—Eran días en que todo estaba muy revuelto, y nos mandaron proteger a los nuestros que vivían aquí desde hacía ya dos generaciones. Los israelitas no se resignaban a nuestra presencia y nos acosaban constantemente con escaramuzas inesperadas, y los cananeos no querían consentir la merma de su territorio. Una tarde, a principios de otoño, me dirigía hacia la fuente, pues el día había sido muy caluroso y tenía mucha sed. Algunos compañeros se iban a las aldeas vecinas, pero a mí me gustaba la tranquilidad, estar solo en algún momento del día. Entonces la oí cantar.

Hizo una pausa y su cara reflejaba el embeleso de lo que escuchó aquel día lejano.

—Su voz era clara y profunda, tan suave y tan dulce que me robó el espíritu. Me quedé quieto para que no me viera y se callara. Samai subía por el sendero hasta el camino de la casa, y la escuché hasta que se alejó tanto que ya no podía distinguir su canto del sonido del bosque. Aquella primera vez no la vi, solamente la oí cantar... Al cabo de un rato me acordé de que yo quería beber y bajé hasta la fuente como flotando —Ikasu sonrió—. ¡Qué sensación tan maravillosa!

Dalila escuchaba de cerca, Umki desde un poco más lejos, con los ojos cerrados, al lado de su granado, y también sonreía.

—Por supuesto, fui casi todos los días a la fuente —continuó Ikasu—, por si volvía a encontrar a la mujer que poseía aquella asombrosa voz. Pero ya fuera porque no siempre libraba de mis obligaciones a la misma hora o porque ella se acercara por otro camino, pasaron algunas semanas sin que volviera a encontrarla, de manera que empecé a desesperar. ¡Figúrate —dijo Ikasu, mirando a Dalila—, que llegué a pensar que quizá aquella voz pertenecía a una diosa del bosque que por descuido se había dejado escuchar por un mortal! Aunque luego, procurando ser más razonable, pensé en cosas más coherentes: que podía haber enfermado, o que quizá pertenecía no a una muchacha, sino a una mujer mayor, con lo que toda la fantasía de mi joven corazón se venía abajo por momentos...

Ikasu hizo una pausa, miró sonriente a Dalila y prosiguió:

—Pero una tarde, por fin apareció. Yo estaba sentado en un tocón que había casi enfrente del chorro de agua, y la oí cantar de nuevo, mientras se acercaba. Sabía que era ella, su voz era inconfundible. Nunca había oído cantar así a nadie... Y cuando la vi... ¡ah, cuando la vi!

Con gestos de manos y brazos, Ikasu quería mostrar un hermoso recuerdo.

—Fue como un sueño: casi volví a creerme lo de la diosa del bosque. ¡Qué bella era, Dalila! ¡Qué gracia tenía al andar, cómo le brillaba el cabello con los rayos de sol que se filtraban entre las ramas de los árboles! Y tenía unos ojos... como los tuyos, hija mía: tú tienes sus mismos ojos...

—Ya me lo han dicho alguna vez —dijo sonriendo, al mismo tiempo que el borroso recuerdo de su madre tomaba forma por primera vez desde hacía mucho. Era otra Samai, anterior a la que ella recordaba, otro rostro de su madre querida.

—Cuando me vio se calló y se detuvo. Pero en seguida se acercó a la fuente, llenó su cántaro y se disponía a marcharse sin que yo le hubiera dicho nada. ¡Tonto de mí que, después de tantos días de esperarla, iba a dejarla desaparecer de nuevo sin haberle dirigido la palabra, sin saludarla siquiera, sin preguntarle el nombre o el lugar donde vivía! Pero tal fue el efecto que su visión produjo en mí: me quedé mudo. Finalmente atiné a decir: «Por favor, no te vayas todavía». Se quedó mirándome un momento y al verme tan azorado y tan torpe, me sonrió. Dicen que hay sonrisas que son como el sol, que dan luz y calor. Cuando ella sonrió, el bosque se iluminó con un resplandor nuevo y mi corazón, ¡ay, mi corazón!, fue suyo para siempre. Sí, para siempre. Puedo decir que la amé toda mi vida no como aquel primer día, sino mucho más: porque la conocí, y su alma era tan hermosa como lo que de ella veía yo por fuera. Al cabo de diez días, diez días solamente, nos informaron de que al día siguiente trasladaban a toda nuestra compañía hacia el oeste. Me sentí como si me hubieran dado un fortísimo puñetazo en el estómago. ¡Necesitaba tiempo, un poco más de tiempo! —Ikasu calló.

—¿Y qué ocurrió?

—Si te digo la verdad, no lo sé. Porque hasta el día de hoy no puedo comprender qué vio tu madre en mí para que respondiera que no me preocupara, que me esperaría. Sé que tu abuela recelaba —ambos miraron a Umki, que asintió levemente con la cabeza, los ojos cerrados aún—, pues los soldados no tienen muy buena fama: llegan, se aprovechan y se van, y nunca vuelves a saber de ellos. Así que no me explico por qué Samai me amó, ató su vida a la mía, ligó su destino a mi ventura. ¿Qué le ofrecí yo? No era nadie, no tenía nada...

Ikasu comenzó a toser. Dalila se levantó de un salto para atenderle.

—Llevas demasiado rato hablando, papá. Voy atraerte un poco de agua, te sentará bien.

Umki abrió los ojos y se incorporó para ver si era necesario ayudar en algo. Al ver que su yerno, después de beber, se disponía a descansar, se recostó de nuevo en su silla, la silla del patio de Samai.

Dalila aprovechó para marchar a su refugio del bosque. Estaba impresionada por las palabras de su padre: ¡nunca le había hablado así! ¿Quién era Ikasu? ¿Qué había en su corazón?

¿Por qué la había abandonado a ella, cuando más le necesitaba? ¿Por qué tuvo que vivir sin padre tantos años? Todas estas preguntas venían al corazón de Dalila allí en el bosque, cuando oyó una voz que decía:

—¡Hola, Dalila! Me alegro de encontrarte.

A Dalila le costó salir de su ensimismamiento. Giró la cabeza y vio a Sansón.

—Hola —contestó.

—¿Estás bien?

—Sí, claro. ¿Cómo te va?

—Bien.

Sansón se sentó sobre una roca, cerca de Dalila. Después de un breve silencio, ella comentó:

—Creo que no me has «encontrado». Creo que me has seguido —lo dijo sin que el tono de su voz sugiriera ni aprobación ni recriminación.

Sansón la miró de reojo; luego hizo como que se ajustaba el cinto y se recolocaba el puñal. Dalila también le miró de reojo... y ambos se echaron a reír: ella, porque un hombre ya curtido fuera como un niño grande, él porque estaba muy solo y hacía mucho tiempo que necesitaba compañía.

Sansón se levantó y se fue a buscar algo que había dejado entre los matorrales, cerca de los árboles. Se lo trajo a Dalila poniéndoselo delicadamente en las manos, apoyadas en la falda.

—¡Oh, gracias! ¿A ti también te gustan?

Era un canasto pequeño hecho con una gran hojade higuera y una ramita, lleno de frutos del bosque rojos y morados.

Sansón había escogido bien: estaban todos maduros y dulces. Los dos comieron en silencio pero con alegría.

—¿No me tienes miedo? —preguntó Sansón.

—No. ¿Debería tenértelo?

—¡No, no! ¡Por favor!

—Entonces estate tranquilo de una vez —dijo Dalila, con una media sonrisa.

—No sé si debo. Tu padre es soldado, ¿verdad? Porque es tu padre ese hombre al que cuidas, ¿no?

—¡Me has estado espiando!... ¿Cuánto hace que me espías? —Dalila quería mostrarse un poco escandalizada.

—¡No lo digas así! Digamos que debo cuidar un poco de mi persona estando a este lado de las montañas... ¡No se me tiene simpatía precisamente por aquí!

—Eso es verdad...

—¿Les has dicho que me has visto?

—No.

—Pero eres filistea, ¿no? —interrogó de nuevo Sansón.

—Sí.

—¿Sabes que los filisteos me buscan desde hace años para prenderme?

—Sí.

—¿Entonces?

Sansón esperó una respuesta que tardó unos instantes en llegar.

—¿Quieres saber la verdad? —Dalila le miró con franqueza—. Sentía curiosidad por conocerte. Se cuentan cosas asombrosas acerca de ti. Me gustará saber si son ciertas.

—Supongo que algunas sí y otras no.

—Así, de cerca, no pareces tan terrible...

Sansón no dijo nada. La mayoría de las hostilidades que había protagonizado contra los filisteos nada tenían que ver con otra cosa que no fuera su tendencia a relacionarse de manera íntima con personas equivocadas, fuera de su propio pueblo y sus costumbres, al margen del cometido que le había sido encomendado: juzgar a Israel, gobernarlo con sabiduría y defenderlo de sus enemigos. Por este motivo su Dios le había concedido el don de su fuerza sobrehumana, y no por otra cosa. Y aquí estaba otra vez, cortejando a una mujer filistea, como si no recordara lo que le ocurrió en Timnat...

—Yo ya te había visto una vez —le dijo Dalila.

—¿A mí? ¿Dónde? —Sansón volvió sorprendido su rostro hacia la muchacha.

—En Gaza, una noche, cuando te llevaste las puertas de la muralla...

Sansón sonrió amargamente, desviando su mirada al suelo primero, a las montañas después.

—Pasaste por delante de mi casa. Aquel día te espiaba yo a ti.

Sansón volvió a reír. Aquella joven le hacía sentirse bien. Y Dalila jugó su baza, levantándose como con prisa y diciendo:

—Debo irme. Es tarde.

—¿Ya?

—Sí, me esperan en casa.

—Bien. Hasta pronto, entonces —Sansón se levantó con torpeza, sin saber cómo despedirse de una manera mejor.

—Adiós.

Dalila se dirigía hacia el sendero que cruzaba el bosque, cuando oyó que Sansón le gritaba:

—¡Oye!

—¡Tranquilo, que no diré nada! —respondió Dalila sin volverse.

IV

—¿A que no te imaginas qué estaba haciendo tu madre cuando regresé aquí después de finalizar la misión con la compañía? —dijo Ikasu.

—¿Cantaba? —respondió Dalila.

—¡Exactamente! ¡Cantaba! Estaba ahí atrás, en el pequeño corral al lado del huerto, recogiendo los huevos que habían puesto las gallinas ese día, ¡y cantaba! Tenía tanta vida y tanta alegría dentro que se le escapaba por la boca en forma de música.

—Samai me compensó por todos mis otros hijos —dijo Umki—. No había día que no llenara la casa con sus cantos y sus risas. Yo le había enseñado las canciones que se cantan en nuestro pueblo, pero ella también inventaba melodías que, a fuerza de repetirlas, las aprendía incluso yo...

Estaban sentados a la fresca, delante de la casa, en una de las noches más calurosas que habían tenido ese verano. Ikasu se encontraba mucho mejor y apenas sentía dolor cuando se movía. Umki seguía apagándose lentamente, pero aportaba también sus recuerdos al dibujo de Samai que se estaba pintando para Dalila.

—Me quedé con la pena —prosiguió Ikasu— de no haber podido estar más tiempo con ella. ¿Qué le ofrecí? Una vida llena de soledad y de incertidumbre. Los soldados pasan mucho tiempo fuera del hogar... y eso si finalmente regresan. Pero ella, incomprensiblemente, me amaba y aceptó todo lo que venía conmigo. ¿Sabes que me dijo una vez? —interrogó con la mirada a Dalila, que aguardaba las palabras de su padre mirándole con atención—. «Cuando estés lejos, aprende para mí todas las canciones que oigas, todos los cuentos, y regálamelos cuando vengas. Así te perdonaré las ausencias...»

Ikasu se perdió una vez más en aquel pasado que estaba repasando, los ojos perdidos al otro lado del valle.

—¿Fuisteis felices, papá? —se atrevió a preguntar Dalila.

—Yo, sí —no dudó ni un instante—. Todos los días. Y cuando estaba fuera, por las noches, pensaba en ella con una añoranza que laceraba mi corazón... pero de una manera dulce, no sé cómo explicarlo —miró a su hija para cerciorarse de si comprendía lo que intentaba decir—. Y cuando sobrevivía a alguna batalla daba gracias a los dioses porque se me concedía volver a casa para estar con ella. Este dolor que produce el amor correspondido no es dañino, al contrario. Alimenta la pasión y hace que todos los momentos pasados al lado de la persona amada cobren mucho más valor.

Dalila escuchaba. Intuía lo que quería decir su padre, pero ella no había amado así... todavía. Y no creía que Sansón fuera a colmar esa necesidad que sentía en cada fibra de su alma.

—Samai sí que fue feliz, Ikasu —dijo Umki.

—Cuando estábamos juntos ella reflejaba la luz de la mañana en el rostro —continuó Ikasu—. Y cuando nos amábamos, la ternura y la confianza que me regalaba me conmovían hasta lo más profundo de mi ser. ¿Qué mérito tenía yo para ser afortunado de tal manera? No lo sé —Ikasu parecía mirar a algún lugar concreto del pasado—. Y luego tú, Dalila. ¡Qué maravilla tenerte en brazos, siendo de Samai y mía a la vez! Pero tanta dicha terminó pronto...

Callaron. La noche, de repente, se volvió más oscura y parecía que las estrellas habían dejado de brillar. Una ráfaga de viento se hizo presente removiendo por un instante los matorrales y las altas hierbas que les rodeaban.

—La casa de la muralla, en Gaza, había sido como un faro en mi viaje por la vida. Cuando regresé a principios del primer verano de Numar y me disteis la noticia, me sentí como un náufrago que no quiere siquiera agarrarse a un tablón para salvarse. De repente, el sólido edificio que creía estar construyendo con mi familia estaba en ruinas para siempre, pues jamás —la voz comenzó a temblarle—, jamás, podría edificarse de nuevo sin Samai.

Ikasu calló otra vez. Pero hizo un esfuerzo por proseguir:

—Por eso no podía volver a Gaza: todo mi amor con Samai se alimentó y creció allí. Gaza se había convertido en su ausencia. Gaza era mi insoportable pérdida —tomó aire profundamente—. Y tardé demasiado en darme cuenta de que vosotros aún seguíais allí y me necesitabais...

Oyeron pasos de alguien que se acercaba por el camino. Era Finei, el marido de Qala.

—Buenas noches. ¿Cómo va todo? —preguntó cuando estuvo delante de la casa.

—Bien. Buenas noches, Finei. ¿Qué te trae por aquí? —inquirió Ikasu.

—Esta tarde, a última hora, he pasado por la aldea. Se encontraban allí unos capitanes del ejército que preguntaban por ti, que dónde podían encontrarte. Les he dado las indicaciones, y vendrán mañana por la mañana. He venido para que lo supieras... y de paso me he dado un paseo. La verdad es que en mi casa, con el horno encendido gran parte del día, no se puede estar de tanto calor... —concluyó el vecino.

—Pues gracias, muchacho —Ikasu pensó durante un momento—. Seguro que serán compañeros que vienen a ver cómo me encuentro.

—Bien —dijo Finei—. Dado el recado, me marcho. Buenas noches...

7

Sansón

I

Dalila apenas ha reparado en que ya está cerca del templo de Tel Qalin. Ha emergido de su mundo interior porque, ahora se da cuenta, hay mucha gente a su alrededor que también se dirige a la fiesta. Voces, risas y cantos la rodean. Se había propuesto no pensar durante el camino, y casi lo ha conseguido. Primero ha contemplado las montañas a lo lejos, y comparaba sus formas con las del valle de Sorec. Luego ha observado el color de la tierra que iba variando durante el trayecto desde el marrón oscuro, pasando por el rojo y llegando al amarillo y el blanco. Más adelante ha empezado a enumerar los árboles: olivos, pinos, cipreses, palmeras, más olivos, encinas, pinos otra vez... Viñas, viñas... Ha seguido con las flores y sus colores. Y ha concedido mención especial a los animales que se le han cruzado: desde los insectos voladores, pasando por las lagartijas, los pájaros, los ciervos, los perros, hasta las aves de corral de las casas que ha ido dejando atrás.

Ya casi ha llegado. Los trajes, los vestidos de los caminantes son delicados y primorosamente trabajados. Algunos los cubren con magníficas túnicas abiertas por delante, pero hace demasiado calor, así que muchos las llevan con elegancia dobladas en el antebrazo. Los soldados, presentes de manera especial en esta ocasión, visten su uniforme de gala: casco de bronce con plumas, túnica corta cerrada, con cinto de cuero a la cintura del que pende la pequeña espada de asalto, y recias sandalias con los cordones trenzados hasta la rodilla. Uniforme como el que tienen su padre y Numar; con más bandas, medallas y adornos conforme se tiene más rango.

Dalila se fija, aun sin querer, en que la gente avanza en grupos o en parejas. Ella va sola. Al tomar la última curva divisa el mar, oscuro, el horizonte nítidamente delimitado. No sabe por qué, pero su contemplación la serena. Se detiene y toma aire, reteniendo los párpados cerrados durante un instante. Abre los ojos y sigue caminando.

La entrada al recinto queda marcada por un ancho paseo de columnas a ambos lados. Aquí y allá, detrás de ellas, grandes retamas adornan y perfuman el camino. Jóvenes cipreses rodean el templo. La inmensa terraza del piso superior va llenándose poco a poco de hombres y mujeres que se asoman tanto al exterior para admirar el paisaje —Dalila los está viendo— como al interior del templo, para ver los preparativos de la fiesta. Están ya dispuestas las antorchas para cuando anochezca a lo largo del camino, adentro posiblemente también...

«Sé que he sido tu perdición, Sansón, pero déjame verte... No para burlarme de ti, sino para mi tortura... Confiaste en mí... y te traicioné». Dalila habla consigo misma, murmurando esta extraña súplica cuando llega al templo de Dagón.

II

A la entrada del otoño, mi padre ya se encontraba bien, así que preparó sus cosas para ir al encuentro de su compañía. La visita de sus compañeros de armas aquella mañana le había dado un aliciente concreto para su retorno a la vida militar: los viejos capitanes habían acordado ocuparse personalmente de la captura de Sansón, ya que parecía que los jóvenes querían ignorar la amenaza que ese israelita suponía para el pueblo filisteo.

Yo me sentí inquieta por mi padre, por mí y por Sansón, pero no tomé plena conciencia de lo que podía implicar tal conflicto de intereses. Y no quise darle más vueltas al asunto: mi padre se iba, nadie sabía en realidad dónde se encontraba Sansón... y, por una vez, yo manejaría la situación y sería más lista que nadie.

—Bueno, hija mía, hasta la vista —se despidió mi padre antes del amanecer un día que lloviznaba y una bruma densa reposaba sobre el valle—. Cuídate mucho, ¿eh?

Me dio un abrazo torpe y rápido, pero yo traduje su significado: «Te quiero, hija, aunque no sé decírtelo», y quizá también «te quiero, aunque te he fallado hasta hoy». Luego buscó mis ojos:

—¿Va todo bien? ¿Quieres decirme algo?

—No. Bueno, sí: cuídate tú también y vuelve.

—¡Eso procuraré!

Tomó su breve equipaje y dio media vuelta. Antes de adentrarse en la niebla se volvió y me dijo:

—¡Adiós, Dalila, hasta pronto!

Marchaba con paso firme, con energía renovada y liberado de un peso que había arrastrado durante muchos años; durante todo el tiempo que había transcurrido desde la muerte de mi madre, desde la muerte de la mujer a la que amó, su esposa y compañera.

Así que me quedé con mi abuela, atendiéndola y cuidándola, porque era evidente que cada día se valía un poco menos por sí misma y agradecía tenerme cerca.

Sansón se acercaba por la casa día sí y día también. Me hacía gracia verle hacer señales silenciosas desde la puerta para llamar mi atención sobre su llegada, o desde detrás de los árboles al norte del huerto, incluso desde dentro del corral, donde se escondía las veces que intuía extraños.

—¿Puedo probar eso tan delicioso que estás cocinando? —susurraba alguna vez que tenía la osadía de entrar mientras Umki dormía.

—¿Cómo sabes que está delicioso si no lo has probado? —respondía en voz baja yo también.

—Porque huele muy bien... y porque lo has hecho tú.

Y Sansón se enamoró de mí. Con la alegría de un joven y con la torpeza de un niño; con la pasión de un hombre que descubre un tesoro, con la confianza del viajero que encuentra un hogar.

Yo me encariñé con él porque me colmó de mil pequeños regalos, de un sin fin de atenciones llenas de ternura que yo agradecía. A veces cazaba liebres o traía algún pescado del río, y yo lo asaba según iba averiguando cómo a él le gustaba más; de todo lo que se podía comer que se encontrara en el bosque, escogía lo más selecto, dejándomelo a la vista para que lo descubriera al levantarme por la mañana o al volver de la fuente; me acariciaba el pelo, me decía palabras bellas, me besaba con dulzura y delicadeza... él, Sansón, el temible.

Supongo que yo disfrutaba también con esa sensación de dominio que tenía sobre él y me decía que enrealidad no hacía daño a nadie: él me quería a mí, y yo me portaba bien con él.

Al llegar el invierno Umki pasaba muchas horas junto al fuego. Una mañana, mientras la atendía, después de haberle dado un cuenco lleno de leche con harina cocida y miel, me dijo:

—¿Sabes, hija? Creo que ya he vivido suficiente. No me quedan fuerzas para muchos días más. Quiero que sepas que verte crecer a ti y a tu hermano ha llenado de cosas buenas mi fatigoso caminar por este mundo.

—Abuela, nunca se sabe cuántos días nos quedan —no la dejé continuar—. Quién puede decir qué cosas buenas verás todavía...

Después de un rato, como si siguiéramos la conversación, añadió:

—Hija: sé que un muchacho te corteja; soy vieja, duermo mucho, pero mi cabeza aún se da cuenta de lo que ocurre a su alrededor. Ten cuidado; que no te lastimen.

No respondí. La acomodé en su silla y me quedé a su lado, sentada en el suelo, hasta que pareció dormirse. Entonces le acaricié la arrugada mejilla con el dorso de la mano, y también su pelo blanco, mal trenzado pues todavía yo no se lo había peinado. Me incorporé, acerqué los labios a su frente, y la besé. Ella sonrió. Volví a acariciar su cabello, esta vez con toda la palma de la mano y le susurré al oído:

—Ahora vuelvo; voy a hacer la faena.

Y allí la dejé, acurrucada, tranquila y bien arropada.

Al día siguiente me levanté muy temprano. Me puse la doble túnica porque hacía mucho frío, abrigué bien mis pies dentro de las sandalias y comencé mi rutina: encender el fuego, tomar un poco de pan con pasas, calentar algo de caldo para mí y para la abuela. Cuando salió el sol fui a despertarla. Al entrar en la alcoba me di cuenta de que algo no iba bien. Quizá fue porque no oí su respiración entrecortada, o porque percibí que su cuerpo no tenía calor aún antes de tocarla. Y porque el día anterior se había despedido de mí. Me quedé en la puerta sabiendo que ya me había dejado. Ella también me había dejado.

Cuando me cercioré de que realmente Umki ya no estaba a mi lado, salí corriendo de la alcoba y de la casa y me dirigí sollozando hacia la casa de Qala.

—¡Qala! —gritaba por el camino— ¡Qala!

Salió a mi encuentro, y Finei también.

—¿Qué ocurre, por qué lloras?

—¡La abuela...! —pude decir entre sollozos mientras me abalanzaba sobre mi vecina para sentir la calidez de su abrazo.

Qala y su marido me ayudaron en todo. Recuerdo que di gracias a los dioses por su cercanía. Aquellos días pensé en mi abuela, la mujer llamada Umki, que había sido la madre de mi madre, y que se había ido para siempre dejando tras de sí una vida de entrega y sabiduría que nos protegió a mí y a Numar todo el tiempo. Y también que había muerto sin causar pesares ni trabajos: al dormir, silenciosamente, en paz.

Estuve unos días en casa de mis vecinos, que me acogieron durante los primeros momentos de mi duelo. Qala cuidaba al bebé y atendía la casa, y yo cuidaba de la niña, aunque es posible que fuera la pequeña Medi quien en realidad estuviera cuidando de mí.

Al acercarme a mi casa, la casa que había sido primero de Umki, el día que decidí regresar, encontré a Sansón sentado en una gran piedra plana que había cerca del camino. Él conocía lo que había ocurrido, y no sabía si yo le daba permiso para acercarse a mí. La verdad es que me alegré de verle. Me detuve y le saludé con la cabeza. Se levantó y ambos continuamos en dirección a la casa, él por el margen, entre hierbas, arbustos, rocas y arbolillos, yo por el camino.

Al entrar, lo primero que vi fue una gran vasija en el centro de la mesa llena de frutas, legumbres, hortalizas y huevos. Lo segundo, en la alacena, el plato con cabeza de pájaro que me había regalado la abuela hacía tanto tiempo: blanco y azul, bello como el recuerdo que pretendía ser.

Me senté en el banco que teníamos entre las puertas de dos de las alcobas de la casa. Y allí me quedé, sin saber qué hacer, sin poder pensar, simplemente sentada. Al cabo de mucho rato entró Sansón y comenzó a preparar la leña para encender el fuego. Luego buscó una olla, la llenó de agua que él mismo había traído en el cántaro, metió dentro cebollas, puerros y algo más, y lo puso a cocer. Después se acercó a mí y se arrodilló. Su cabeza aún quedaba más alta que la mía. Tomó mis manos entre las suyas, grandes y ásperas, y aguardó. Yo no le miré: sólo me incliné sobre su pecho, y comencé a llorar toda la pena que tenía retenida. Por la ausencia, por el abandono, por la fragilidad, por la soledad. Sansón me acariciaba el pelo y me abrazaba. Después de mucho rato, cuando me calmé, me levantó en brazos, como un padre a su niña pequeña, me llevó a la alcoba y me acostó. Antes de volver a vigilar cómo hervía el caldo en la olla, me arropó bien.

Aquellos días los recuerdo como si los hubiera vivido aturdida, entre brumas, pertenecientes a un mal sueño. Aún y así sé que aquella noche, después de tomar un poco de caldo y unos higos secos, le dije a Sansón: «No te vayas. Ven a mi lecho». Y él me respondió: «Hoy me marcho; pero mañana volveré». Y se levantó, dispuso el fuego para la noche, y se fue.

III

—¿Te gustan los niños pequeños, Dalila? —preguntó Qala. Se encontraban delante del taller de Finei, pelando ajos la una, desenvainando legumbres la otra.

—Creo que sí me gustan. La verdad es que hacía tiempo que no disfrutaba de niños tan cerca de mí.

—Medi está encantada contigo.

Se detuvo y miró a su hija que se entretenía poniendo en fila todas las piedrecillas que encontró por el patio.

—Dice que cuando sea mayor quiere tener el pelo rizado como tú... y negro también.

—Pues habrá que inventar algo para que sea feliz...

—Dime Dalila, ¿cómo se hace para rizar un pelo tan lacio como el suyo? En fin...

Al cabo de un momento, Dalila comentó:

—Alguna vez he pensado qué haría yo con un niño, con un hijo mío... ¿Sabes que cuidé a mi hermano desde que tenía pocos meses?

—Pero no es lo mismo... Además, tú debías ser muy pequeña, ¿no?

—Seis años tenía.

Qala se dio cuenta de que Dalila estaba yendo a otro lugar con su pensamiento, pues su mirada era seria, y para tratar de distraerla dijo:

—Harías muy feliz a Medi si algún día la llevaras contigo para que te ayude en las tareas.

—Pues no es mala idea. Ahora mismo, cuando acabe con esto, puedo pedirle que me acompañe a la fuente...

Dalila visitaba casi cada día, a una hora u otra, a su vecina. Le encantaba el aire de familia que se respiraba allí, la alegría que daban los niños pequeños, y de paso ayudaba un poco a Qala, que tenía que amamantar cada poco rato a su niño. Ayudaba en el huerto, sobre todo, y en entretener a Medi, que prácticamente se convertía en su sombra cuando ella estaba con ellos.

—¿De dónde eres, Qala? ¿De dónde es tu familia? —quiso saber Dalila.

—De una aldea de Galaad, cerca de las ciudades de Jair, al otro lado del Jordán. No soy filistea, soy cananea. Vine aquí cuando, después de que nos asaltaran y quemaran la aldea, me quedé sin madre y sin hermanos ni hermanas. Mi padre había muerto antes.

—¿Y cómo llegaste hasta aquí?

—El jefe de una caravana de mercaderes que se dirigía a la costa, un hombre ya con canas, se apiadó de mí y me trató como si fuera su hija, o su nieta mejor dicho. Durante tres años cuidó de mí, hasta el día que conocí a Finei en el mercado de Asdod y me quedé con él.

—Cada cual tiene su historia... —susurró Dalila meneando la cabeza.

—¡Uy! El niño llora. Voy a ver qué tiene...

El espíritu de Dalila se serenaba poco a poco, y a ello contribuía también la presencia de Sansón. La esperaba en los caminos que habitualmente ella tomaba o se acercaba a la casa. Lo cierto es que pasaban muchas horas juntos. En un primer momento fue Sansón quien cuidó de Dalila. Pero después, poco a poco, ella empezó a atenderle, a ser generosa con él, y a escucharle.

—Sansón, ¿es verdad eso que cuentan de que incendiaste campos y más campos cerca de Timnat?

Sansón volvió la cabeza y la miró. Finalmente respondió:

—Sí.

—¿Cómo lo hiciste? —Dalila preguntaba con verdadera curiosidad.

—Era el tiempo de la siega. Fui por las montañas y tomé trescientos chacales vivos. Los até de dos en dos por las colas, colocando una tea encendida en medio. Los solté en los campos. Al correr aterrorizados por miedo al fuego fueron incendiándolo todo: la mies amontonada, las gavillas, los sembrados, las viñas y los olivares.

Dalila mostraba espanto en la mirada.

—¿Y por qué? ¿Por qué lo hiciste?

—Para vengarme.

—¿Y qué ofensa te habían hecho?

Sansón tardó de nuevo en responder.

—¿Sabías que estuve casado?

—No.

—Me había enamorado de una muchacha filistea de Timnat y rogué a mis padres que me la pidieran por esposa. La verdad es que les di un disgusto, pues ellos esperaban que, cumpliendo con los mandamientos de Dios para nuestro pueblo, yo me casaría con una mujer israelita. Tuve que insistir, diciéndole a mi padre: «¡Ésa es la que me gusta, pídemela por mujer!». Yendo hacia Timnat con mis padres, en algunos tramos del camino yo me adelantaba o retrasaba, o cruzaba campo a través. Una de esas veces, estando ya en una de las viñas de la aldea, un joven león se acercó hacia mí rugiendo. Entonces el Espíritu de mi Dios me tomó y con las manos, sin nada más, despedacé al león como si fuera un cabritillo. Al encontrarme de nuevo con mis padres no les comenté nada. Cuando llegamos a Timnat y volví a ver a la muchacha, pude hablar con ella y me gustó mucho más todavía.

Dalila oyó un trueno y se levantó del lecho para ajustar bien la puerta y buscar otro manto, pues con la tormenta avecinándose le parecía que había refrescado. Volvió con Sansón, lo cubrió con el manto que traía doblado, se acurrucó a su lado y él prosiguió:

—Pasaron unos días y, cuando volvíamos a Timnat, esta vez ya para la boda, tuve curiosidad por ver qué quedaba del león, así que me desvié. Dentro del esqueleto las abejas habían hecho un enjambre ¡y había miel! Tomé toda la que pude con las manos y me la fui comiendo hasta que llegué donde estaban mis padres y les di a probar, pero no les dije que la había recogido del cadáver del león.

—¿No vino ninguno de tus parientes a la boda?

—No, ninguno, salvo mis padres. Mi padre se presentó en casa de mi prometida y, como es costumbre entre los jóvenes, yo ofrecí un banquete. Los filisteos, viendo que nadie me acompañaba, escogieron a treinta muchachos para que fueran mis compañeros de boda, para que estuvieran conmigo. Y en medio de la fiesta se me ocurrió proponerles una adivinanza —Sansón ensombreció la expresión, pero continuó hablando—. Les dije: «Os propongo un enigma. Si me decís la solución antes de que acaben los siete días de la fiesta, os regalaré treinta piezas de lino y treinta vestidos de fiesta. Pero si no, seréis vosotros los que me daréis a mí las treinta piezas de lino y los treinta vestidos de fiesta». Ellos me dijeron: «Propón el enigma que te escuchamos». Y esto fue lo que les dije: «Del que devora salió comida, y del fuerte salió dulzura».

Se oyó de nuevo un trueno, mucho más cercano, y vieron el resplandor de varios relámpagos seguidos, mientras un golpe de viento azotó de manera violenta todo lo que encontró a su paso.

—Voy a cerrarlo todo —dijo Sansón, levantándose—. Vuelvo enseguida.

El viento golpeaba las puertas y las ventanas, y se oía cómo el bosque se interponía en su camino y le hacía rugir y aullar. Al regresar, Sansón continuó:

—Los tres primeros días no pudieron acertar la adivinanza. Y cuando llegó el último día, amenazaron a mi mujer: «Si no convences a tu marido para que nos dé la solución, prenderemos fuego a la casa de tu padre contigo dentro. ¿Acaso nos habéis invitado para apoderaros de lo que es nuestro?». Mi mujer, ya desde el primer día, quería que le dijera la solución, y lloraba entre mis brazos y me decía: «No me amas. Ya te has cansado de mí. Has propuesto un enigma a los de mi pueblo y a mí no me confías la solución». Y yo le respondía que no se lo había dicho ni a mi padre ni a mi madre, que cómo quería que se lo dijera a ella —se detuvo y desvió la mirada hacia el techo—. No paró de llorar ni uno solo de los días del banquete. Al final, el último día insistió tanto que le di la solución. Así que aquellos hombres, antes de que se pusiese el sol del séptimo día de la fiesta, me dijeron: «¿Qué hay más dulce que la miel? ¿Y qué es más fuerte que el león?». Les contesté que si no hubieran estado presionando a mi mujer no lo habrían adivinado.

El rostro de Sansón reflejaba todo el enojo que albergaba su corazón. Tomó aire ruidosamente.

—¿Entonces, qué hiciste?

—Volví a sentir la fuerza prodigiosa dentro de mí y descendí a Ascalón y maté a treinta hombres. Los desnudé y les di sus vestidos a los que habían acertado el enigma. Entonces, lleno de ira, me volví a la casa de mi padre. Pero después de un cierto tiempo me tranquilicé y quise volver con mi mujer. Tomé un cabrito a modo de presente, y llegué a la casa de su padre. «Quiero ver a mi mujer en su habitación», dije. Pero el padre no me dejó entrar, diciéndome: «Estaba convencido de que la odiabas y la di a uno de tus compañeros de la boda. Pero, ¿no te parece que su hermana pequeña es más hermosa todavía que ella? Tómala en lugar de la otra». ¿Qué te parece, Dalila? ¿No era suficiente con el primer engaño y la primera traición? ¿Podía esto pasarse por alto? Y ahí fue cuando, por vengarme, ideé lo de los chacales que te he contado.

—Me parece mal lo que te hicieron —dijo Dalila después de un momento, mientras le acariciaba cariñosamente el rostro—. Se portaron mal contigo.

—Tengo mucha suerte de haberte conocido, Dalila. Eres dulce y buena conmigo. Te amo —dijo Sansón, abrazándola con fuerza.

Y enseguida se durmió. Dalila se sorprendía de la facilidad que tenía ese hombre para quedarse profundamente dormido tanto al mediodía como por la noche... ¡Pobre Sansón! Él también sabía lo que se siente al ser engañado, al ser traicionado por los más cercanos...

Llovió durante muchos días seguidos aquella primavera, aunque sin truenos y sí con mucho viento. Todo el mundo permaneció en sus casas más de una semana, ya que estar fuera era desagradable y peligroso. Finalmente se miraba caer la lluvia porque ya no había más tareas que hacer estando dentro: no había más puertas que reparar, ni más ropa que arreglar, ni más vasijas que limpiar, no se podía asear nada más. Hubo pocas visitas de un lugar a otro del valle, y las que se produjeron fue porque se consideró que eran imprescindibles. Por eso, el primer día que amaneció soleado Dalila fue a ver a Qala.

—¡Hola, Qala! ¡Hola, Medi! ¿Cómo estáis? ¿Cómo habéis pasado estos días!

—¡Si será por agua, por todos los dioses! ¡Qué manera de llover!

—¡Hola, Dalila! —dijo Medi.

—Hola, bonita. ¿Quieres acompañarme a la fuente?

—¡Sí, gracias! ¿Puedo, mamá?

—¡Claro, niña mía, claro que puedes! —y continuó hablándole a Dalila—: Tú no te imaginas lo inquieta que ha estado estos días en casa. Se sentía encerrada, atrapada, y saltaba y corría incluso por el taller. Se han roto algunas piezas...

—¡Fue sin querer, mamá; yo no quería...!

—Ya lo sé, Medi. Necesitabas correr por aquí fuera... Anda, ve con Dalila y ayúdala en lo que te pida. Y tú, Dalila, habrás estado muy sola, ¿no?

—Oh, no te creas.

Sansón la había acompañado casi todo el tiempo, aunque él sí había salido y entrado.

—Creo que guardas un secreto que no quieres contarme, Dalila —dijo Qala sonriendo con sincera alegría—. Así que no has estado muy sola, ¿eh?

Dalila rió, muy a pesar suyo, pues en verdad creía que era mucho más prudente que nadie supiera que era precisamente Sansón quien estaba con ella. Miró sonriendo a Qala y le dijo finalmente a la niña:

—Vámonos ya, que se nos pasa la mañana hablando y sin hacer nada de provecho. Anda, ve a buscar el cántaro, Medi.

Emprendieron juntas el camino. En muchos tramos estaba encharcado y las sandalias quedaron embarradas enseguida, teniendo que ir con mucho tiento para no resbalar. Pero era muy agradable de todos modos salir y caminar, respirar hondo y tomar de golpe todo el aire que cabía en el pecho. El verde de los árboles era más intenso, los colores de las flores mucho más vivos, las vides mucho más oscuras, el cielo más azul... Todo parecía más limpio, con el contorno más definido y perfilado. Medi contaba a Dalila sus pequeñas vivencias, sus apreciaciones infantiles de las cosas, y mientras la escuchaba, Dalila se acordaba de ella misma acompañando a su madre de un lado a otro allí en Gaza.

El camino para llegar a la fuente descendía por la ladera de la colina. Avanzaban por uno de los tramos que quedaba más hundido cuando oyeron un gran estruendo, parecido a un trueno, y sin apenas darse cuenta de lo que ocurría, Dalila y Medi vieron cómo se les venía encima la ladera en forma de lodo. Arrastraba rocas, troncos, plantas enteras y todo lo que encontró a su paso. No hubo tiempo de reaccionar. Cuando Dalila volvió en sí estaba prácticamente enterrada en el fango, y una piedra de gran tamaño le había golpeado la pierna y otra el hombro. Aun y así consiguió levantarse. No conseguía mantenerse en equilibrio, pues no podía poner el pie en tierra firme en medio de aquel lodazal lleno de rocas y troncos. «¡Medi! ¡Medi!». Con un gesto brusco de todo el cuerpo procuró sacudirse el barro que le impedía moverse y aún estando sumergida hasta más arriba de las rodillas comenzó a buscar desesperadamente y a gritar:

—¡Medi! ¡Medi!

Buscaba como una loca un indicio, algo que diera una pista de dónde estaba la niña.

—¡Medi! ¡Socorro! ¡Medi! ¡Que alguien me ayude!

Localizó el cántaro que llevaba la niña, partido, a unos pocos codos a su derecha, e intentó avanzar. No podía mover las piernas atrapadas dentro del barro.

—¡Medi! ¿Dónde estás? ¡Auxilio! ¡Ayuda!

Dalila gritaba, llamando a la niña, cuando consiguió sacar una pierna y avanzar en dirección al cántaro roto; gritando y acercándose penosamente, llegó cerca del cántaro y de una roca enorme... debajo de la cual asomaba la pequeña mano de Medi.

—¡Por favor, no! ¡Medi! ¡Ayuda!

Tomó la mano de la niña con toda la rapidez de que fue capaz, tratando de buscar debajo del barro dónde quedaba la cabeza, dónde el cuerpo. Consiguió sacar a la superficie la cabeza de Medi y, liberando una mano, le limpió la cara de todo aquel barro y procuró despejarle la nariz. Al tirar del cuerpo de la niña se percató de que las piernas estaban atrapadas debajo de la roca.

—¡Socorro! ¡Que alguien me ayude!

Dalila gritaba y lloraba. «¡No te mueras, Medi, no te mueras!». La niña estaba inmóvil y no respiraba.

—¡Socorro! ¡Socorro! ¿Es que nadie me oye?

—¡Retírate a un lado! ¡Rápido! —dijo con firmeza una voz oscura.

Allí estaba Sansón, cogiendo la roca sin ningún esfuerzo, como si no pesara en absoluto, y arrojándola lejos. Inmediatamente desenterró a la niña, la sacudió con fuerza boca abajo y luego la colocó sobre su hombro golpeándola suavemente en la espalda.

—¡Está muerta! —gritaba Dalila — ¡Está muerta!

—¡No está muerta! Calla. No está muerta.

—¡Está muerta! ¡No se mueve!

—¿Quieres callarte de una vez?

Sansón seguía sacudiendo suavemente a la niña y golpeándole la espalda. Entonces Medi tosió.

—¿Lo ves? No está muerta.

Dalila se quedó sin habla. La niña comenzó a toser de manera irregular, finalmente estornudó unas cuantas veces. Pero estaba inconsciente.

—No te preocupes. Se pondrá bien. Acompáñame a la fuente.

Sansón contempló la situación para ver por dónde podían pasar. Dando un rodeo, llegaron a la fuente. Allí Dalila limpió con agua abundante la cara de la niña, luego el pelo, y poco a poco la pequeña túnica y todo el cuerpo. Había perdido una sandalia.

—Fíjate —dijo Sansón—. Tiene un golpe aquí atrás en la cabeza, en el lado derecho. Y creo que quizá puede tener una pierna rota y el otro tobillo está muy magullado. Le dolerá cuando despierte.

Dalila siguió refrescando la cara de la niña, las sienes, la frente, hasta que empezó a gemir.

—¡Se está despertando! —dijo Dalila.

—Sí. Ahora deberías tomar mi capa. Quítamela. Aunque está un poco sucia por la parte de abajo, está seca. Envolveremos a la niña para que no tenga frío y la llevaremos a su casa.

Con Medi en brazos, Sansón comenzó a caminar. Dalila le siguió. Al cabo de un rato preguntó:

—¿Cómo has sabido que necesitábamos ayuda? ¿Dónde estabas?

—He oído el ruido del deslizamiento de tierra, y enseguida te he oído gritar. He venido lo más rápido que he podido.

—A mí me ha parecido que tardabas una eternidad...

Medi seguía gimiendo hasta que, finalmente, abrió los ojos. Vio a Sansón y comenzó a llorar.

—Medi, no llores, estoy aquí —dijo Dalila, mientras Sansón se detenía.

—¡Me duele!

La niña seguía llorando.

—¿Qué te duele?

—¡Todo!

—¿La cabeza, Medi?

—Sí, y la pierna. Y la barriga, y el brazo.

A medida que hablaba, sin embargo, se iba tranquilizando.

Emprendieron de nuevo la marcha, caminando en silencio.

—¿Quién eres? —preguntó Medi a Sansón cuando casi alcanzaban su casa.

—Es un amigo mío —respondió Dalila.

—¿Cómo te llamas?

Dalila miró a Sansón, e intervino:

—Mira, ya hemos llegado. ¡Qala! ¡Qala!

Acudió la mujer corriendo, miró a Sansón, tomó a la niña y preguntó:

—¿Qué ha pasado? ¿Qué tienes, hija mía?

Mientras Dalila se lo explicaba, Sansón desapareció sin decir nada. Entre las dos le cambiaron la ropa, la lavaron con cuidado, le pusieron aceite en las heridas y les pareció que la pierna no estaba rota, aunque de todos modos la vendaron con lienzos limpios, así como el tobillo. La acostaron en su lecho y le dieron a beber un caldo con hierbas para inducir al sueño. La arroparon y salieron.

—Por un momento pensé que Medi había muerto. Ha sido terrible.

—Gracias por todo.

Quedaron ambas calladas unos momentos. Qala dijo:

—Creo que sé quién es ese hombre.

Dalila la miró. No dijo nada.

—¿Está contigo?

Tampoco contestó esta vez.

—Ve con cuidado, Dalila.

—Eso hago, Qala —la miró a los ojos. Después añadió—: Me marcho. Pasaré al anochecer a ver cómo está Medi. Los dioses le han sido favorables al librarla de morir hoy. Cuídala mucho. Nunca sabemos cuánto tiempo vamos a tener con nosotros a las personas que amamos.

Y diciendo esto, dio media vuelta, enfiló el camino hacia su casa y desapareció.

IV

—¿Qué fue de tu mujer, Sansón? ¿Vive todavía?

Dalila vio la transformación en el rostro del hombre, y supo que la respuesta a su pregunta era seguramente el relato de otra tragedia.

—Si no quieres, no me lo cuentes —se apresuró a añadir.

—No te preocupes. Aquello pasó hace mucho tiempo —Sansón suspiró—. La verdad es que después de que yo quemara todos aquellos campos, los dueños de aquellas tierras indagaron sobre quién había sido. Cuando les contaron lo que me había hecho mi suegro, quitándome a mi mujer y dándosela a otro, fueron y la quemaron a ella y a su padre. Entonces, cuando llegó hasta mí lo que habían hecho los filisteos con ella, volví a enojarme y la emprendí a golpes y patadas con todos los que encontré, hiriendo a muchos y matando a otros tantos. Por venganza.

Mientras Sansón refería todo esto, Dalila había observado cómo se tensaban todos sus músculos y cómo la ira se apoderaba nuevamente de él. Optó por callar durante un rato. Era casi verano y estaban recostados sobre la hierba mirando un pino que les brindaba sombra, un pino frondoso que estaba en el monte que quedaba detrás de la casa.

Dalila se sentó.

—Ven, Sansón, acuéstate con la cabeza en mi regazo.

Él se acercó a ella y se dejó acariciar la frente, las sienes, el pelo. Abrió los ojos un momento, y miró a Dalila con gratitud.

—Te quiero mucho, Dalila —dijo.

Y se durmió, tranquilo y confiado, mientras la mujer a la que amaba cuidaba de él.

Dalila contemplaba el rostro sosegado de ese hombre que le confiaba su vida. ¿Tan enamorado estaba de ella? Sí, no había duda. ¿Por qué? No lo sabía. Ella era filistea. Él, israelita. Eran enemigos. ¿Radicaría ahí el secreto de su atracción? Quizá sí, pero también sabía que Sansón estaba solo, muy solo. Que no tenía a nadie y que incluso los de su pueblo le habían entregado en manos filisteas para ahorrarse problemas. Fue en Lehi, cuando él se había escondido en la cueva del peñasco de Etam. Otra traición, otra puñalada directa al corazón. ¡Pobre hombre! Ikasu, su padre, le había referido lo que hizo Sansón ese día: ¡matar a mil hombres con la quijada de un asno muerto!

Salió de sus meditaciones porque oyó que alguien la llamaba desde la casa:

—¡Dalila! ¿Dalila?

Era su padre que había vuelto. ¿Qué hacer ahora con Sansón? Seguía dormido sobre sus rodillas todavía.

—Sansón —susurró—. Sansón, despierta. No hagas ruido.

—¿Qué ocurre? —preguntó mientras se sentaba, frotándose la cara para despertarse.

—Ha venido mi padre —seguía diciendo Dalila en voz baja—. Deberías irte.

—No te preocupes, estaré en mi cabaña. Estaré bien... pero te echaré de menos. Cuídate.

Y mientras Sansón trepaba monte arriba, Dalila descendía hasta la casa. Cuando estuvo cerca, gritó:

—¡Papá! ¡Estoy aquí! ¡Papá!

—¡Hija!

Ikasu la observó de arriba abajo, y sonrió.

—Me alegro de verte. Se te ve bien, hija, a pesar de lo de Umki.

—Ya pasó. Qala y Finei estuvieron a mi lado.

—Ellos me lo han contado.

—Tú también tienes buen aspecto. ¿Cómo estás? ¿Cómo van las cosas?

—Bien, dentro de lo que cabe. Vengo para pocos días.

—Pasa adentro y refréscate.

Dalila entró en la casa y ofreció a su padre agua fresca, fruta y pan.

—Ven, siéntate y cuéntame. ¿Sabes algo de Numar? —preguntó, mientras ella también se acercaba al banco.

—Lo tienen destinado al norte, para mantener a raya a los cananeos, que de un tiempo a esta parte andan incordiando más de la cuenta. Han ganado territorio, atacando y pactando con diversas aldeas. Él se cree fuerte e invencible, como todos los muchachos que sienten correr por las venas el vigor de la juventud. Y es listo, por lo que me dicen sus superiores. Pero no deja de correr riesgos día tras día. Los dioses le protejan allí donde vaya.

—¿Y tú? ¿Qué haces por aquí, si no vas a quedarte?

—Vamos detrás de Sansón. En la aldea se decía que días atrás estuvo por la zona, y esto llegó a oídos de uno de nuestros capitanes. Podría ser. Hace mucho que no sabemos de él, está tranquilo en alguna parte. Pero a falta de una pista mejor, aquí he venido con un pequeño destacamento... y yo aprovecho para verte.

Dalila miró a su padre y permaneció callada. Ikasu observaba cómo en el interior de su hija se producía algún tipo de lucha, pero no atinaba a adivinar el motivo. Y decidió esperar a que ella se lo contara... si es que quería hacerlo en algún momento. Acabó de comer y bebió vino que Dalila le había servido mientras tanto en una copa.

—Gracias por todo, hija. Voy a acostarme. Necesito descansar.

—¿No quieres nada más? Tengo hecho un sabroso guiso de lentejas.

—No, no, está bien así. Guárdalo para la noche.

—Muy bien, que descanses.

—Eso haré —dijo Ikasu, mientras se incorporaba y se dirigía a la alcoba.

Dalila recogió lo que había usado su padre y lo limpió. Necesitaba avisar a Sansón. No sabía dónde buscarlo. Él nunca le había indicado el lugar de su cabaña. Sabía que era monte arriba, pero ¿dónde? Por otro lado, era siempre él quien la encontraba. Eso haría: iría a la fuente... y esperaría a que Sansón diera con ella... pronto.

¿Quién podía saber que Sansón estaba allí? Qala, claro. Pero no creía que hubiera dicho nada. Quizá Medi había descrito cómo era el aspecto de su salvador, y su padre se habría dado cuenta de que se trataba de Sansón. Y no tenía por qué guardar el secreto: al fin y al cabo, hubiera rescatado o no a su hija, seguía siendo Sansón, y cualquier día volvería a emprenderla contra los filisteos. Pero lo más probable es que alguien le hubiera visto en algún momento. Sansón no permanecía quieto, siempre atento a lo que ocurría aquí y allá, siempre yendo de un lugar a otro.

Era un hombre curioso en muchos aspectos: argumentaba que no había necesidad de muchos dioses que se ayudaran unos a otros a atender a los humanos, si el dios que se tenía era verdaderamente Dios; él decía conocer al único dios realmente vivo, que se ocupaba de naciones y personas, pero Dalila veía claramente que Sansón no le servía y obedecía como debe merecerlo un dios así. Más bien hacía lo que le parecía, y se metía en problemas por actuar por su cuenta, sin considerar en primer lugar lo que su dios esperaba de él. Porque seguramente confraternizar con los filisteos, o mejor dicho, con las filisteas, no debía hacerlo. Por otro lado, Dalila sabía que lo que había escuchado de la fuerza sobrehumana de Sansón era cierto: le vio alzar aquella enorme roca para salvar a Medi sin ningún esfuerzo. Aquel día volvió a ver en acción el don que Sansón poseía; un don que su dios le había otorgado seguramente con alguna finalidad... ¿Hostigar a los filisteos? Quizá, para librar así a su pueblo.

Dalila pasaba en ese momento por el lugar donde se había producido el desprendimiento de lodo y rocas. El propio Sansón había vuelto a dejar el camino transitable quitando de en medio todo lo que estorbaba.

¿Qué haría ella?, se preguntaba. Posiblemente estaba a punto de llegar a una encrucijada en su vida y tarde o temprano tendría que decidir. ¡Qué complicado todo! Sansón era como un niño grande: sencillo, claro, previsible. Esta vez le avisaría para que escapara. Esperaba encontrarle pronto. Llegó a la fuente, escrutó detenidamente todo su alrededor, pero Sansón no estaba por allí. Llenó su cántaro, recorrió todo el camino de regreso, llegó hasta su casa y ni rastro.

Aquella noche, cuando Dalila fue a comprobar si había cerrado el corral, más por salir de la casa que por las gallinas, oyó que Sansón la llamaba.

—Dalila.

—¡Sansón, por fin!

—Me están buscando. En la aldea hay soldados filisteos que vienen a por mí.

—Lo sé. Me lo ha dicho mi padre. He procurado avisarte durante todo el día, pero no he sabido dónde buscarte.

—Así es mejor, que tú tampoco lo sepas: es más seguro para ti.

Ambos guardaron silencio.

—¿Qué vas a hacer? —preguntó Dalila.

—Esconderme. No me encontrarán.

—Sé prudente y no te dejes ver.

—Descuida. Me voy. Te quiero, Dalila.

Sansón esperó un momento, pero como Dalila callaba, se fue, monte arriba, protegido por las sombras del bosque y por los sonidos de la oscuridad.

Al cabo de tres días, al anochecer, regresaba Dalila de la fuente y pasó por casa de Qala.

—Un soldado ha venido a buscar a tu padre. Tenían prisa. Era una situación de emergencia o algo así.

—¿No sabes que ocurría?

La voz de Dalila trataba de ocultar su ansiedad.

—No, claro que no; a nosotros no nos han dicho nada — dijo Qala.

—Bien, gracias por decírmelo —permaneció callada un momento—. ¿Cómo estáis por aquí? ¿Cómo sigue Medi?

—¡Oh, muy bien! Sólo cojea un poco a causa del tobillo, pero es muy posible que acabe sanando del todo. ¡A los cinco años se cura uno muy rápido!

—Me alegro; de verdad que me alegro mucho. Salúdala de mi parte, y a Finei. ¡Y dale un beso al niño, por supuesto!

Dalila marchó preocupada. Había muchas probabilidades de que el asunto tratara de Sansón. Estuvo intranquila toda la noche. Antes del amanecer se despertó porque olía a humo toda la casa. Venía de fuera. Salió y pudo ver que, monte arriba, había fuego. Un fuego virulento se alzaba en un punto concreto y se oían voces y gritos. Permaneció de pie contemplando el lugar durante horas. Cuando amaneció ya no se veían llamas, pero aún subía un humo denso hacia el cielo, y no se oía apenas a nadie allí arriba: alguna instrucción, una breve respuesta y silencio.

Era cerca del mediodía cuando apareció Ikasu por el camino. Venía tiznado, se veía que había estado bregando con el fuego. Dalila se levantó del banco en el que estaba sentada desde hacía horas, pero no dijo nada. Esperó a que su padre hablara.

—Hemos acabado con él. Con Sansón. Por fin.

A Dalila le fallaron las piernas y se sentó. Ikasu continuó:

—Casualmente a un aldeano le pareció verle en el arroyo junto a la roca partida la otra noche. Sospechó simplemente por el sigilo con el que el desconocido se movía y porque parecía que el hombre recelaba y estaba alerta. Al fijarse le pareció ver las largas trenzas de Sansón, y le siguió desde lejos hasta que vio dónde se escondía. Dio aviso en el mesón a los soldados.

Mientras Ikasu iba explicando los sucesos, se preguntaba qué le ocurría a Dalila, pues su expresión era muy extraña.

—Estaba en una cabaña prácticamente escondida entre la vegetación —prosiguió—. Si uno pasaba por allí sin saber que estaba, muy probablemente no la hubiera visto. El plan ha sido: esperar a la hora en que el sueño es más profundo, desbrozar ligeramente la zona de alrededor y prender fuego. Con él dentro. Le oíamos roncar. Ahora ya no queda nada de la cabaña. Ni de Sansón. Han quedado allí unos soldados para vigilar que no se produzca un incendio en el bosque, pero el cortafuegos que hicimos parece que funcionó.

Ikasu miró interrogativamente a Dalila. Pero como ella guardaba silencio, no dijo nada más y fue a lavarse a la parte de atrás de la casa.

Antes del anochecer y después de haber dormido unas horas, Ikasu estaba listo para partir. Fue al encuentro de Dalila, que seguía sentada en el banco de delante de la casa.

—¿Qué ocurre? Dalila, ¿qué ocurre?

Ikasu se la quedó mirando, hasta que repentinamente se hizo la luz en su entendimiento, como si le hubiera iluminado un rayo.

—Dalila... Dalila... no me digas que el muchacho que oí la otra noche... era él. ¡No me digas eso! Pensé que la vida te daba otra oportunidad para el amor y me alegré... pero no podía imaginar que se trataba de Sansón... ¿Era Sansón, Dalila? ¿Era él?

Dalila cubría su cara con las manos, sin poder levantar la cabeza.

—¡Pero Dalila! ¿A quién se le ocurre? ¡Dalila! ¡Que Sansón es enemigo de nuestro pueblo, hija mía!

Ikasu se desesperaba por momentos.

—¿Cómo podía imaginar que mi hija, mi propia hija, se entendería con el hombre que...?

No pudo continuar. Permaneció allí, quieto, frente a Dalila, mirándola sin comprender.

—No tengo palabras —murmuró al cabo de un tiempo. Buscó la pared con la mano, y lentamente se sentó junto a su hija. Contempló el valle durante mucho rato. Oscureció. Cuando ya las estrellas que brillaban en el cielo llevaban mucho camino trazado, Ikasu se levantó. Recogió del suelo el saco con sus cosas y dijo sin mirar a Dalila:

—Creo que lo siento.

Y comenzó a caminar. Y la noche se lo tragó.

8

Jalied

I

Dalila no sabía si llorar a Sansón o dar gracias a los dioses por haber sido librada de un problema seguro. Le recordaba con ternura, con aquella mirada de niño herido y abandonado, y también alegre y ansioso, cuando le traía regalos y esperaba ver su reacción. Y le admiraba quizá aun a pesar suyo, porque frente a la emergencia supo estar a la altura y actuó controlando la situación y sin perder la calma. También lo recordaba con gratitud, porque estuvo a su lado de manera callada y eficaz cuando murió su abuela, y porque fue atento y solícito como amante, buscando siempre complacerla.

Por otro lado, Sansón, como bien hacía notar su padre, era el principal enemigo a que se enfrentaban. ¿A cuántos filisteos había matado a lo largo de su vida? ¿Cuántas desgracias le había provocado a su pueblo? Dalila no sabía si esto se lo decía para consolarse por su pérdida o porque realmente lo pensaba. Lo cierto es que su corazón estaba confuso.

¿Había amado a Sansón? No. No como Samai e Ikasu se habían amado, desde luego. Ni siquiera como recordaba haber estado enamorada de Ainod, incluso de Rigat. Le había querido posiblemente por gratitud, por disfrutar de compañía sintiéndose, además, halagada... y porque él la necesitaba. Jugar al amor no era tan sencillo... si se tenía un poco de corazón. Y la lealtad a su padre, a su pueblo... Era muy difícil manejar tantas cosas a la vez dadas las circunstancias...

Qala no había venido a llorar con ella por la pérdida de Sansón. Y conocía cuál era la situación. ¿No habría sabido decidir qué hacer? Ella no era filistea... pero seguramente la lealtad a su marido había podido más que la amistad con la vecina. Si es que verdaderamente eran amigas.

Dalila decidió detener sus pensamientos. Necesitaba frenar la lucha de todas las contradicciones que se producían dentro de su alma. Y buscó algo en qué ocuparse. Su padre le había indicado en esa última ocasión en que se vieron que tomara la casa de Umki como propia, que sería su casa, la casa de Dalila. Además de eso, le dio una bolsa llena de monedas como parte de su dote. Pues bien: iría a la aldea y escogería cortinas, lienzos y algún mueble, un arcón posiblemente; se compraría un vestido de fiesta, un perfume, pinturas para la cara, cintas para el cabello; y ya vería en qué más podría entretenerse. Necesitaba no pensar. Necesitaba olvidar todo lo ocurrido y comenzar de nuevo... otra vez. Lo intentaría, por lo menos. Aunque temía que a medida que pasaran los años sería cada vez más difícil empezar como si nada.

Después de algunas semanas, Dalila tenía una gran alcoba decorada con buen gusto y cierto lujo... y una soledad y un vacío que la consumían. Se había quedado sin el trato casi diario con Qala y su familia, y pocas personas eran las que se acercaban por allí, pues no era camino de paso.

Una noche, ya era otoño y oscurecía pronto, fue al corral a recoger los huevos de la puesta de aquel día. Cuando entró, oyó que la llamaban:

—Dalila.

La vasija que llevaba en las manos se le cayó al suelo y se rompió. Y ella se quedó paralizada.

—Dalila, no te asustes, soy yo.

—¿Sansón? —dijo, con la voz temblorosa.

—Sí, soy yo. Pude escapar del incendio.

Se quedó sin poder articular palabra. Sansón agregó:

—No he podido avisarte antes. Te he echado mucho de menos, amor mío.

—¿Acaso pretendes matarme de un susto?

—¡Oh, perdona! ¡No, claro que no!

Dalila respiró hondo para tranquilizarse.

—Anda, ven. Entra en la casa —dijo, reaccionando por fin.

—¿No hay peligro?

—Supongo que no, ya que todo el mundo cree que has muerto.

—Es cierto. Gracias.

Dalila no daba crédito a lo que le estaba ocurriendo, pero no le costó mucho aceptar de nuevo el amor que aquel hombre, más listo que lo que todos creían, le ofrecía. Le sirvió una buena cena mientras Sansón no dejaba de sonreir, como un niño feliz al que su madre mima después de haber estado perdido durante unas horas.

—Estoy cansado, Dalila, vengo desde muy lejos. Necesito dormir.

—Pasa a la alcoba. Ahora es ésta —dijo, señalando la nueva pieza, y descorriendo la cortina para que Sansón entrara.

—¡Qué maravilla! ¡Qué hermosa ha quedado! Claro que no tanto como tú...

—Gracias. Me alegro de que te guste...

II

¿Has oído hablar alguna vez del príncipe Jalied, de Gaza? Era uno de los hijos del rey Margón. Creo que puedo decir que cuando él apareció en mi vida todo empezó a parecerse cada vez más a una pesadilla.

Acabó el otoño, pasó el invierno y llegó la primavera. Sansón estuvo conmigo todo ese tiempo y no hubo ningún sobresalto, ya que ni mi padre ni Numar vinieron aquellos días por la casa. Luego supe que habían estado en Gaza.

Sansón me amaba más que a ninguna otra cosa en el mundo y supeditaba su hacer, su risa y su calma al trato que yo le dispensaba. Siempre atento, siempre dispuesto a complacerme, procurando mi bienestar y mi alegría en todo momento, facilitó sobremanera el camino hacia su ruina. ¡Sansón, el gran hombre, el temido y odiado, estaba absolutamente en mis manos! Y todavía estaba vivo...

Una tarde que Sansón había salido, pues él era un hombre que vivía su libertad en los campos, los montes y recorriendo los caminos, vi que se acercaba a la casa un número no pequeño de hombres que, ya en un primer momento, identifiqué como principales tanto de las ciudades como del ejército. Mi cabeza se puso a trabajar a toda velocidad intentando adivinar cuál podía ser el cometido que traía a tan importantes personajes a transitar por esa parte del valle. Pero enseguida caí en la cuenta de que no iban a pasar de largo por delante de mi casa, sino que era una visita que tenía que ver con Sansón y temí que yo iba a estar justo en el centro de toda aquella trama. Y acerté.

Los que acudieron aquel día eran príncipes de las cinco ciudades filisteas, así como capitanes del ejército acompañados de soldados de la zona, unas diez o doce personas en total. Yo esperaba delante de la casa en pie, con los brazos cruzados y la cabeza alta. Se detuvieron delante de mí. Y entonces se adelantó Jalied. Lo que vi en su rostro me hizo estremecer, pues reflejaba la determinación de un hombre perverso que sin ninguna duda llevaría a cabo lo que considerara necesario para salir adelante con su propósito. Ésa fue mi primera impresión sobre él. Era un hombre más joven que mi padre y en su porte se traslucía que estaba acostumbrado al poder. Y acto seguido, cuando me miró recorriendo todo mi cuerpo, deteniéndose con descaro donde mejor le pareció, me dio asco... y miedo.

—Se te saluda, Dalila, en nombre de los reyes de Ascalón, Asdod, Gat, Ecrón y Gaza, y de sus ejércitos. Soy Jalied, príncipe de Gaza, y traigo una propuesta para ti.

Pasaron unos instantes y finalmente yo hice una ligera inclinación de cabeza. Y como sea que Jalied permanecía callado, dije:

—Habla lo que tengas que decir.

—Dalila, Dalila... no veo que seas muy hospitalaria con tus príncipes que se dignan visitarte en tu propia casa. Invítanos a pasar y ofrécenos vino y pan...

No tenía alternativa. Me dirigí hacia la puerta y la sostuve, hasta que entraron los cinco príncipes y uno de los capitanes. Los demás quedaron apostados alrededor de la casa y en el camino. Jalied y los otros se sentaron donde mejor les pareció y yo dispuse diligentemente vino, fruta y pan. Una vez hecho esto, permanecí en pie, aguardando.

—Acércate —me dijo—. Acércate y siéntate. Traigo una propuesta que, por tu bien, es necesario que comprendas con absoluta claridad.

Evidentemente el tono con que me hablaba no era de mi gusto, y además me intimidaba.

—Ahora comprendo, al verte personalmente —continuó—, por qué un hombre estaría dispuesto a hacer cualquier cosa por ti. Eres extraordinariamente bella y apetecible, Dalila. Pocas mujeres filisteas son tan hermosas como tú.

Callé. Sabía que no se trataba de un halago, sino de otra fina cuerda de la red que estaba empezando a tejer ese hombre a mi alrededor para obtener lo que quería. Esperé.

—Bien. Veo que eres una mujer prudente y discreta. Así es mejor. Necesitamos tu colaboración para un asunto de seguridad. Es un tema delicado que afecta a todo nuestro pueblo, y en tus manos está la llave del éxito o del fracaso, que no dudo que en la cuestión que nos ocupa será del éxito. Más que nada lo digo por tu salud.

¿Me estaba amenazando? Sí, desde luego. Había empezado a amenazarme desde el primer momento, con su primera mirada y su primera palabra. Era por Sansón, claro, no tenía ningún otro sentido, si no.

—Di lo que tengas que decir.

Él, con toda calma, sorbió un largo trago de vino y pareció dudar entre qué fruta escoger.

—Queremos a Sansón.

Dudé solo un instante.

—Sansón está muerto —dije, por darle una oportunidad o por dármela a mí.

Jalied respiró hondo y se echó hacia atrás en el asiento que ocupaba.

—Dalila, Dalila... ¿acaso pretendes insultarme? ¿En mi cara? —dijo Jalied—. ¡Tan hermosa y tan temeraria! Voy a hacer como si no hubiera oído tus palabras, y volveré a comenzar: queremos a Sansón.

Bajé la mirada hasta la copa de vino que aún sostenía en su mano. La dejó sobre la mesa. Allí dejé mi vista, mientras escuchaba lo que tenía que decirme.

—Sabemos que Sansón está contigo, al menos gran parte del tiempo. También sabemos cómo escapó cuando le creímos muerto. Tu hermano Numar nos puso sobre aviso: es un buen soldado ese Numar. Y leal, con mucho futuro en el gran ejército filisteo... a menos que alguna circunstancia imprevista se lo estropee.

¡Numar! ¡Por todos los dioses! ¿Serían capaces de hacer daño a uno de sus propios soldados? ¡Por supuesto que sí! Jalied siguió exponiéndome la situación:

—Lo que se requiere de ti es lo siguiente: engaña a Sansón, sedúcele, haz lo que sea necesario con tal de obtener el secreto de su gran fuerza. Necesitamos saber cómo podríamos vencerlo, para atarlo y poder dominarle. Cuando nos des la información fidedigna del secreto de Sansón, cada uno de nosotros te entregará mil cien siclos de plata.

Me quedé mirando fijamente a Jalied. ¡Me estaban ofreciendo una verdadera fortuna! Y en este punto pensé lo que podría obtener de todo el asunto: riqueza, y demostrar que era una filistea leal a su pueblo.

—No hacían falta tus palabras persuasivas —dije—, ni las ganancias que me ofrecéis. Pero las recibiré de buen grado una vez obtenga la información que me pedís. Soy filistea y como hija de mi pueblo estoy dispuesta a colaborar con cualquier plan que ayude a su mayor grandeza y seguridad.

—Eres una mujer inteligente y actúas con cordura. No esperábamos menos de ti —añadió Jalied.

—Pero veo un problema —dije, con auténtica preocupación.

—¿Cuál?

—Quizá Sansón sabrá que habéis estado aquí y sospechará.

—Descuida. Te vigilamos desde hace semanas y hemos escogido el momento en que nos consta que ha marchado lejos. Y ya ves que estamos vigilando la casa y tenemos soldados apostados discretamente por todo el valle.

Intenté asimilar todo cuanto se me estaba diciendo. Finalmente pregunté:

—Bien. ¿De cuanto tiempo dispongo?

—Del que haga falta.

Para el ejército filisteo atrapar a Sansón se había convertido de nuevo en una obsesión. Me ofrecieron toda la ayuda que necesitara.

—Nuestros hombres estarán a tu disposición para lo que consideres oportuno.

—Una cosa más: ¿cómo contactaré con vosotros?

—Cuando requieras nuestra presencia, deja en la parte trasera del corral ese cántaro viejo que tienes ahí. De inmediato tendrás una docena de soldados a tu disposición.

Cuando ya estaban fuera de la casa y se disponían a partir, Jalied se volvió hacia mí y me dijo:

—Tu padre estará orgulloso de ti. Ahora que él envejece y ya no será útil para el ejército, si se da el caso de que a pesar de su torpeza sobrevive a las misiones que se le encomienden, llevará la honra que tú le des como la más preciada de las distinciones.

Más amenazas.

Les vi alejarse. Durante un buen rato me quedé de pie mirando el camino; al mismo tiempo, iba adquiriendo conciencia de cuál era mi situación: estaba atrapada. Sansón en ese momento era lo que menos importaba: yo debía sobrevivir, Numar debía sobrevivir y mi padre debía sobrevivir. Al fin y al cabo yo era filistea.

Nunca había solicitado el amor de Sansón, y no le amaba. Me veía capaz de obtener su secreto. Sabría cómo manejarlo y rendirlo. Casi tomé mi cometido como un reto personal, algo que me serviría para demostrarme a mí misma de lo que era capaz, del poder que podía tener. Y además, al final sería rica. Dadas las circunstancias, yo me conformaba simplemente con salir viva de todo aquello. Pero, por un capricho de los dioses, además iba a obtener unas ganancias tan sustanciosas que me permitirían incluso cambiar de vida.

En aquel momento también la codicia tomó lugar en mi corazón y ni siquiera pasó por mi pensamiento que algo podía salir mal; como por ejemplo, morir a manos del mismo Sansón. En fin: ¡qué poca confianza merece nuestro propio corazón y nuestra propia prudencia!

Efectivamente, tal como me indicaron, Sansón tardó unos días en volver. Y yo dispuse de todo ese tiempo para meditar sobre cómo llevar a cabo la acción. Pensé en los nuevos baúles que había comprado para decorar la alcoba: allí podría esconderse más de un hombre si lo consideraba necesario. Luego se me ocurrió que las hermosas telas que colgaban de las paredes también podrían ocultar algunas personas más.

Y sobre la estrategia a seguir, el mismo Sansón me había dado una clave tiempo atrás: empezaría probando la de su esposa, en Timnat. Quizá me diera buenos resultados a mí también.

Cuando regresó Sansón, yo fui más dulce y más amable que nunca.

—Cuéntame más cosas de ti y de tu pueblo, Sansón, que me agradará escucharlas y conocerte más.

En aquellos días supe de Abraham, escogido por aquel Dios especial de Sansón para ser luz y vida en medio de la oscuridad y la confusión de los otros pueblos, aun a pesar de las dudas y debilidades del patriarca.

Me contó de José, uno de los doce hijos de Israel, que fue traicionado por sus propios hermanos y vendido como esclavo en Egipto, y cómo su Dios transformó aquella situación para gran salvación de su familia.

Y me explicó la historia de la liberación de la esclavitud de Israel en Egipto, de cómo Moisés guió a aquel pueblo, pasando en seco por el Mar Rojo y sobreviviendo en el desierto, hasta aquí, hasta estas tierras que habitamos hoy. Sansón me habló de su pueblo a veces fiel y confiado en su Dios, otras, obstinado y rebelde.

Yo escuchaba con verdadera atención lo que me decía, pues a mi parecer era más claro y razonable que lo que yo conocía: un único Dios creador y todopoderoso, que no compartía su gloria con ningún otro; que era tan maravilloso y eterno que no permitía que nadie le representara con estatua o imagen alguna, porque ello sería como intentar introducir todas las estrellas del firmamento en un pequeño frasco de perfume, y mostrarlo además dentro de una reducida caja diciendo: «Esto es el firmamento».

Poco a poco fui ganando la confianza de Sansón hasta extremos que no imaginaba. Me decía:

—Cuando te cuento estas cosas de los míos y del Dios de mi pueblo, y veo cómo me escuchas con oído atento y comprensivo, no me siento extranjero entre los tuyos. Tu amor cubre la distancia que separa nuestros pueblos.

—Claro, Sansón —le decía yo—. Me interesa todo lo tuyo porque te amo.

—Lo sé. Tus hechos así me lo demuestran.

—Escucha, Sansón. Siempre me ha intrigado una cosa — aproveché una tarde, después de habernos amado tiernamente.

—Dime, Dalila.

—¿Cuál es el secreto de esta fuerza tuya tan grande? ¿Hay alguna manera de que puedas ser vencido?

Me miró, no tanto sorprendido por la pregunta, que en alguna otra ocasión ya le había formulado, sino más bien por el añadido.

En las otras ocasiones me había respondido que era un don recibido de su Dios. Ahora no me respondía.

—Te lo ruego —insistí—. ¿Hay alguna manera en que, por ejemplo, se te pueda atar y dominar?

—Si me atan con siete mimbres verdes —dijo, después de dudar un momento y sin mirarme—, no secos sino verdes todavía, perderé mis fuerzas y seré como cualquier otro hombre.

Le besé en la frente y me acurruqué a su lado, hasta que se durmió. Entonces tomé el cántaro viejo que Jalied me había indicado y fui a dejarlo detrás del corral. A los pocos minutos se acercó un soldado, le expliqué lo que necesitaba y que el día que atáramos a Sansón quería hombres en mi alcoba para detenerlo cuando despertara y protegerme.

Al cabo de dos días, cuando Sansón se durmió, le até con los mimbres verdes que los príncipes filisteos se habían apresurado a hacerme llegar, a la vez que dispuse hombres dentro de los dos grandes arcones y detrás de las cortinas. Cuando estuvo todo listo, grité:

—¡Sansón! ¡Los filisteos te atacan!

Él se levantó de golpe y rompió las cuerdas con que yo le había atado como si fueran estopa cuando toca el fuego. Me miró y se echó a reír, mientras que yo salí de la alcoba mostrándole que me sentía enojada con él. Entonces dejó de reír.

Al cabo de un momento salió a buscarme para reconciliarse. Me abrazó desde atrás, mientras yo trataba de zafarme de sus brazos.

—No te enfades —me susurró al oído —. No te enfades conmigo...

—Te has burlado de mí.

—No lo pretendía. Perdona, Dalila...

Me liberé de su abrazo, fui a coger el cántaro nuevo y salí en dirección a la fuente.

Le torturé con mi silencio unos cuantos días. Él me miraba como un perrillo al que tratan a patadas. Iba a buscar fruta para mí, reparaba algunas cosas de la casa, todo para hacerse perdonar. Un mediodía que estaba sentado en el banco delante de la casa, me acerqué y me senté a su lado. Puse mi mano sobre su brazo y le dije:

—Sansón.

—Dime, Dalila.

—Sansón, si me amas, debes confiar en mí. Soy tu mujer desde hace mucho tiempo y siempre te he cuidado y protegido. ¿Acaso no es verdad?

—Sí, Dalila. Es verdad.

—Pues basta de mentiras —y dedicándole una de mis mejores sonrisas, agregué—: No me engañes más y dime, te lo suplico, cómo se te puede atar e inmovilizar.

Por un momento, sus ojos dijeron: «Por favor, no me preguntes eso», pero su voz sonó:

—Se necesitan cuerdas nuevas, que no se hayan usado ni una sola vez. Si se me ata fuertemente con ellas me debilitaré y seré como cualquier hombre.

Cuando acabé de escucharle me senté en su regazo y le dije al oído: «Anda, llévame a la alcoba». Y él, contento como un niño, me llevó así, en brazos, adentro de la casa.

Pasaron unos días y estaba todo dispuesto. Sansón se durmió una noche y le ataron fuertemente los brazos con las cuerdas más recias que había visto en mi vida.

—¡Sansón! ¡Los filisteos te atacan! —grité.

Y él se levantó como si nada le sujetara, las cuerdas rotas como hilos finos. Se quedó mirándome extrañado. Entonces yo me puse a llorar y entre sollozos le dije:

—¿Cómo puedes decir que me amas? —y salí afuera, y lloré hasta el amanecer; después me dormí en la alcoba que había sido de mi abuela y mía, y desde aquel día no volví a la que ocupaba con Sansón. Cuando él se me acercaba, le miraba con los ojos más tristes que sabía poner y se me llenaban de lágrimas, o bien estallaba en grandes lloros y lamentos.

Yo sabía que iba por el buen camino para obtener el secreto. Sansón se me acercaba y me decía: «Por favor, Dalila, perdóname...» o, «Pensaba que era un juego». ¡Pobre infeliz! Tan ingenuo, que era posible que creyera que estábamos jugando y no se diera cuenta de lo que estaba ocurriendo. Una de las veces en que yo le hablaba llorando desconsolada, me decía para mis adentros: «Si de verdad no te das cuenta de lo que pasa, entonces mereces ser engañado».

—Dalila, amor mío... Dalila, no me rehuyas: yo te quiero.

—¡No me digas que me quieres! ¡No me lo digas! Si me amaras de verdad no me engañarías, no inventarías más mentiras... ¡Suéltame! ¡No me toques!

Esa última frase dicha cuando intentaba ponerme la mano sobre el hombro le hirió muy profundamente.

—Dalila... —susurró con los ojos húmedos—. Dalila... Sí que te amo...

—Pues dime la verdad, por favor, sólo la verdad.

Ya casi era mío.

—Mis cabellos... las trenzas... —suspiró... y el suspiro le dio tiempo a rehacerse—. Si se entretejiesen mis siete trenzas con la tela de un telar y las aseguraran firmemente con una estaca, yo podría ser atado, pues perdería toda la fuerza y sería como uno más.

La noche en que ya teníamos todo preparado procuré mantenerlo despierto hasta más tarde, para que tuviera mucho sueño y pudiéramos llevar a cabo todo lo que nos había indicado. Cuando se durmió entretejimos sus trenzas tal como nos había dicho, y yo misma las aseguré con la estaca. Lo cierto es que yo sentía ya realmente mi orgullo herido al ver que no confiaba en mí. Los hombres se ocultaron y grité:

—¡Sansón! ¡Los filisteos te atacan!

III

Era pleno verano. Las aves sobrevolaban el valle, en ocasiones en bandadas, dibujando en el cielo extraños signos. Sansón se había marchado aquel mismo día antes del amanecer. En ese momento empezaba a esconderse el sol por detrás de las montañas, pero aún había mucha luz. Saltaban las langostas entre la hierba, zumbaban los moscones, y parecía que aquél era un lugar tranquilo. Nada más alejado de la realidad. Toda la zona alrededor de la casa estaba estrechamente vigilada por soldados filisteos, y la casa misma era el campo de una batalla sin cuartel que se libraba entre una mujer que atacaba y un hombre que estaba agotando sus defensas.

Dalila oyó que se acercaba alguien por el camino. Reconoció las pisadas, aunque se percibían cansadas, más abatidas que en anteriores ocasiones. Era Numar. Traía sobre sus espaldas una carga que no era sólo de ropa. Se acercó primero a la puerta de la casa y dejó en el suelo su equipaje. Luego fue a buscar un taburete para sentarse. Se dirigió entonces hacia donde estaba Dalila, en la silla de su madre al lado del granado. Se puso enfrente de su hermana, casi tocando sus rodillas y mirándola directamente a los ojos.

—Hola, Dalila.

—Hola. No esperaba verte por aquí.

—Traigo malas noticias, Dalila.

Ella se irguió y se puso rígida.

—Nuestro padre ha muerto —anunció.

—Pero, ¿qué dices...?

—Dalila: nuestro padre ha muerto. Cerca de Ecrón, en un accidente entrenando a un grupo de nuevos soldados.

Dalila abrió desmesuradamente los ojos y la boca. Tardó en reaccionar.

—¡Han sido ellos! ¡Seguro que han sido ellos, por no haber conseguido el secreto de Sansón! ¡Ya me lo advirtieron!

Mientras hablaba, a gritos, Dalila zarandeaba con fuerza a Numar asiéndole por los hombros.

—¿Qué dices, Dalila? —dijo, sujetándole las manos.

—¡Han sido ellos! ¡No ha sido un accidente! ¡Ya me advirtieron de que si no les ayudaba, algo malo os pasaría!

—No, Dalila, no. Les estás ayudando.

La muchacha se detuvo un momento. Miró a los ojos de su hermano y concluyó:

—Sí.

—Ha sido un accidente. Practicaban con las lanzas. Un necio tiró la suya descuidadamente alcanzando a nuestro padre en la ingle. No llevaba puesta la cota de malla. Se desangró. No se pudo hacer nada.

Dalila miró a su hermano, mientras éste le sostenía las manos apoyadas en su regazo.

—No puede ser. No tiene sentido.

—La muerte no tiene sentido, Dalila.

Ella se quedó mirando fijamente a su hermano. Al cabo de unos instantes en que permaneció absolutamente inmóvil, añadió:

—A veces la vida tampoco, Numar...

Numar soltó a Dalila.

—¿Cuánto hace que pasó? —preguntó ella.

—Veinte días.

—¿Y no has podido venir antes a decírmelo?

—No lo supe inmediatamente. En cuanto recibí la noticia, pedí permiso, y he tenido que esperar a que Sansón marchara. La situación es muy delicada.

—Estás al corriente.

—Sí —dijo escuetamente Numar.

—Me dijeron que tú avisaste de que Sansón no había muerto.

Numar tomó aire. Sabía que tarde o temprano tendría que dar esta explicación.

—A los pocos días del incendio de la cabaña de Sansón pasamos por aquí con unos compañeros. Uno de los soldados que había estado cuando todo el asunto ocurrió me preguntó si quería ver el sitio. Me pareció buena idea, sobre todo porque era increíble que por fin el terrible enemigo hubiera sido vencido, y aquí mismo, prácticamente al lado de nuestra casa. Y por mano de nuestro padre, eso lo sabía también. Cuando nos acercamos a lo que quedaba de la cabaña y removimos los troncos calcinados y unas rocas que había allí, descubrimos que en el suelo había una abertura lo suficientemente grande como para que pasara un hombre —se detuvo para mirar a Dalila—. La abertura conducía a una cueva que permitía salir entre unos arbustos cercanos. Se nos ocurrió buscar algún rastro de huesos quemados, levantando toda la zona, rebuscando entre las cenizas. No había nada. Encontramos huesos, pero de lo que parecía un animal, un león quizá. ¿Cómo no lo comprobó nadie? —Numar negaba con la cabeza—. Supongo que fue debido al entusiasmo por haber acabado con Sansón. Y porque se procuró no mover nada que produjera chispas para no provocar un incendio.

—Y tú fuiste a avisar.

—Volvimos ahí arriba con el capitán de nuestra compañía, y él llegó a la misma conclusión que nosotros. Entonces se dio aviso por todo el territorio de la nueva situación.

—No pasaste a decirme nada.

—Ya no nos dejaron marchar. Había que comunicar las novedades a todas las ciudades y nos dividieron en pequeños grupos para hacerlo.

Hubo un largo silencio.

—¿Tú sabías...? —comenzó a decir Dalila, y se calló.

—Coincidí con papá en Gaza. Me contó que Sansón y tú... En fin. Él no dijo nada a nadie. Porque además, en principio, Sansón estaba muerto.

—Pero tú sí que alertaste de que, caso de estar vivo, quizá volvería aquí conmigo...

Numar tardó en responder.

—Si te digo la verdad, seguramente lo hubiera hecho. Por más que fueras mi hermana, yo soy soldado filisteo y lucho contra nuestros enemigos. Y Sansón es nuestro principal enemigo, por lo sobrehumano de su fuerza. Pero no hizo falta que lo hiciera. Volvieron a verle cerca de aquí, y le espiaron. Bueno, a él y a ti.

Al cabo de un rato, Dalila preguntó:

—¿Me desprecias?

Numar suspiró. Finalmente, dijo:

—Eso no tiene ninguna importancia.

—Es cierto. Lo único que cuenta es que nuestro padre ha muerto.

Dalila se detuvo. Se le acababa de ocurrir una posibilidad.

—Numar, dime la verdad. ¿No será, esto de nuestro padre, una manera de presionarme para que me esfuerce más en sonsacar a Sansón? Porque tengo que decirte que ya está a punto de rendirse. No podrá aguantar mucho más... ¿No se fían de mí? ¡Pretenden asustarme! Dime tú la verdad, Numar: ¿nuestro padre vive?

—No, Dalila. Nuestro padre ha muerto. Definitivamente. Ha muerto. No volveremos a verle.

IV

Dalila seguía presionando a Sansón. Casi encontraba placer en hacerlo. Utilizaba contra él la ira y la impotencia que le produjo la muerte de su padre. Lloraba amargamente, y en eso era sincera, pero no por Sansón, sino por ella misma.

Se había dado cuenta de lo hábil que era siendo cruel, engañando, traicionando. ¡Ella, que unos pocos años atrás creía no comprender la maldad! Estaba asustada de sí misma y avergonzada, a la vez que huía de todo aquello procurando ser más hábil todavía, explorando qué resortes podía mover, qué armas funcionaban mejor, qué recursos a su alcance podía utilizar...

Sansón roncaba en la alcoba. Dalila estaba junto al fuego mientras veía bailar el reflejo de las llamas en el casco de bronce de su padre. Lo había traído Numar aquel día que le comunicó la noticia de su muerte. Se levantó y fue a buscar el puñal de asalto que estaba junto al casco. También había pertenecido a su padre. Se acercó de nuevo al fuego y se sentó. Comenzó a acariciarlo delicadamente, sintiendo la superficie pulida, la hoja afilada, una pequeña muesca cerca de la empuñadura. Si se lo clavaba en el corazón podría acabar con todo en un instante. O mejor aún, podría acabar con Sansón de la misma manera. O clavándoselo en la ingle para que se desangrara.

A Sansón, sin embargo, lo querían vivo. Atado, reducido, pero vivo. A ella no la querían de ninguna manera: les daba igual. En cuanto consiguiera saber cuál era el secreto que daba esa potencia a Sansón, se olvidarían de ella para siempre. Al menos eso es lo que Dalila deseaba.

Se preguntaba si la enorme cantidad de siclos de plata que iba a recibir le ayudaría a no sentirse inmersa en esa oscuridad que manaba de su corazón. Y se contestaba que, casi con toda seguridad, no.

9

Qala

I

Las sombras de las columnas y los cipreses son tan alargadas que la explanada que se abre delante del templo de Tel Qalin parece un campo arado cuyos surcos no supieron situarse a la distancia correcta unos de otros. El mar va a tragarse ese sol agigantado y rojo de un momento a otro porque no quiere ver su superficie teñida del color de la sangre con las gaviotas nuevamente por testigos.

Desde detrás del templo surgen seis hombres vestidos con túnicas blancas llevando cada uno en su mano una tea encendida. Se disponen a iluminar la fiesta prendiendo fuego en todas las antorchas previamente dispuestas: cuatro avanzan por el paseo de las columnas, dos entran en el templo de Dagón. No corren, se toman tiempo, van dándo solemnidad a sus gestos.

La luz mágica del crepúsculo se ve de repente acompañada de la música de los cuernos. Empiezan a sonar a la señal del gran sacerdote: desde la puerta del templo, desde toda la baranda de la gran terraza del piso alto, al lado de cada columna, en el interior del templo. Los que tocan llevan túnicas azules o blancas y están concentrados en mantener constante el sonido de su instrumento, tomando aire por turnos.

A una nueva indicación, los cuernos enmudecen y, después de un instante de silencio, un grito surge de todas las gargantas; un grito sin palabras, sin nombres, acompañado por los movimientos de los brazos alzados.Y vuelven a irrumpir los cuernos, haciendo que las voces se eleven aún más para poder oírse.

El estruendo debe ser ensordecedor. Son miles de gargantas alzando su voz, piensa Dalila. Está sentada en uno de los bancos de piedra del recinto, apartada, aguardando. La fiesta ha comenzado, la fiesta en que se ofrecerán sacrificios de gratitud a Dagón y se alegrarán los corazones porque el dios ha entregado en manos de los filisteos a Sansón, el enemigo. El templo queda lejos, la gente queda lejos, el ruido queda lejos. Se acercará cuando exhiban a Sansón, cuando quieran humillarle delante de todo el pueblo y se mofen sin piedad del hombre vencido. Gracias a ella.

Acurrucada sobre sí misma, Dalila se abraza las piernas y apoya la cabeza sobre las rodillas, cerrando los ojos. Quizá Sansón merecía ser apresado y torturado por su pueblo. No podía dilucidarlo con claridad. Lo que no merecía era haber sido traicionado por ella. Por ella, Dalila, que no había recibido de él más que atenciones y ternura. ¡Ah, claro, los destinos de un pueblo entero están por encima de las circunstancias personales! Quizá sí. Pero ella no debía haber sido el instrumento de la ruina de Sansón. Cualquier otro, menos ella.

Se columpia sobre el banco, meciéndose durante horas. Ha oscurecido ya, pero no lucen las estrellas. Nubes finas cubren el cielo. Dalila no quiere ver a nadie, ni que la vean. Sólo espera.

II

—¿Cómo te atreves a decirme que me amas? —le gritaba yo a Sansón—. ¿Cómo te atreves? ¡Tres veces me has engañado, tres, burlándote de mí! ¡No quiero saber nada de ti! ¡Déjame!

Y hacía manifiesto mi enojo con salidas bruscas de la casa, golpes en los muebles y paredes, ausencias prolongadas durante el día. Poco a poco fui logrando que se sintiera culpable por no confiarme su corazón. Al mismo tiempo, yo le desorientaba haciéndole algún gesto cariñoso, que remataba con palabras de sentido reproche:

—¿Qué clase de amor es éste? Dime si puede ser amor. No me cuentas lo más importante de tu vida, no me dices cuál es el secreto de tu gran fuerza. ¿Qué mujer pensaría que es amada si sólo recibiera mentiras, ocultaciones y engaños? No sé qué pensar, no sé qué hacer...

Y esto día tras día, en cada oportunidad que se me presentaba: reproches, lloros, gritos; hasta que pensó que me perdería para siempre. Y eso no lo podía soportar. ¡Seguía amándome, por todos los dioses! ¡Y estaba convencido de que me ofendía no confesándome lo que yo le demandaba como prueba de su amor!

Una noche, ya se acercaba el invierno, Sansón estaba a la mesa sin tocar la cena que le había servido. Yo lloraba en silencio y tampoco comía. Comenzó a hablarme:

—Dalila... Dalila, escucha. Yo... yo soy nazareo; es decir, consagrado a mi Dios desde antes de nacer. El ángel del Señor dio instrucciones a mi madre, a mis padres, acerca de cómo debían criarme... Nunca... nunca navaja alguna ha cortado mi pelo. Ésa es la señal del pacto con mi Dios, de estar voluntariamente apartado para su servicio... Si alguien cortara... si alguien me rapara la cabeza, perdería toda la fuerza y sería como cualquier otro hombre.

No me moví mientras me habló. Tal como me encontró cuando comenzó a abrirme su corazón así me quedé para no darle ocasión de cambiar de parecer. Cuando terminó, levanté la cabeza y vi que dos gruesas lágrimas caían sobre las manos, que tenía apoyadas en la mesa.

No dijo nada más. Se levantó y salió.

Sabía que me había dicho la verdad. Ya era mío de una manera absoluta. Me había elegido a mí antes que a su dios. ¡Qué honor! ¡Qué honor más amargo!

Salí a dejar el cántaro viejo como señal en el sitio acordado... y a buscar a Sansón. Le llamé tiernamente, con dulzura, insistiendo en mi amor por él, en que ahora veía que de verdad me amaba. Sabía que no estaría muy lejos, porque me deseaba desde hacía mucho tiempo. Tuvo su regalo esa noche, que fue la primera en que dormimos juntos desde su último engaño. ¡Estaba tan agradecido! ¡Él era el agradecido! ¡Cómo se podía ser tan inocente! Yo le amé como si nunca hubiera ocurrido nada entre nosotros, como si el perdón que yo le concedía incluyera haberlo olvidado todo.

A medianoche salí de la casa y me encontré con el soldado que se acercó para recibir mis indicaciones:

—Esta vez di a tus príncipes que traigan el dinero. Tengo el secreto, me ha confiado su corazón. Que busquen a un hombre con los instrumentos para rapar la cabeza de Sansón. Y que se preparen hombres suficientes para caer sobre él y reducirle cuando sea el momento. Estarán escondidos donde siempre.

Volví al lecho, al lado de Sansón, que no dormía con su placidez habitual, sino que de vez en cuando se revolvía gimiendo, como si estuviera en medio de una pesadilla y no pudiera despertarse. Yo no conseguí conciliar el sueño aquella noche.

Durante la mañana siguiente se me hizo saber que estaba todo preparado.

Al mediodía Sansón me buscó de nuevo. ¡Fue todo tan sencillo! Le invité a dormir sobre mis rodillas y tuve que reprimir mis gestos de compasión por él, pues quería acariciarle y al mismo tiempo terminar ya con todo el asunto.

Avisé al hombre que estaba preparado para cortarle el cabello, y entró. Tomaba cada una de las trenzas y las cortaba con una navaja cuidadosamente afilada para la ocasión: no hacía ruido, el grueso pelo de Sansón no ofrecía resistencia. Una a una, desprendió las siete trenzas. Y después le afeitó la cabeza.

Sólo quedaba dar mi grito de alerta. Los hombres estaban dispuestos. Y yo me demoraba. Sabía que era el final. El final de un hombre que me había amado. Inspiré profundamente y expulsé el aire muy despacio. Pasé la palma de mi mano por aquella cabeza rapada. No parecía Sansón. Y entonces exclamé:

—¡Sansón! ¡Los filisteos te atacan!

Por cómo se despertó, parecía que creía que iba a ser como en las ocasiones anteriores: una especie de juego en el que se libraría de las ataduras sin ningún problema. Pero su dios ya no estaba con él, y los filisteos le prendieron, allí, en nuestra alcoba. Y Sansón me buscó con la mirada... y eso fue lo último que vio, pues un soldado le sacó los ojos en ese mismo instante con la puntade su puñal.

Le ataron, le empujaron hacia afuera, y se lo llevaron dando tropezones por el camino hacia la aldea. Le vi con la espalda encorvada, sin su cabello trenzado y recogido en la cabeza, intentando soltarse las manos para detener la sangre que le manaba por las cuencas vacías de los ojos. Pero no podía. Los soldados reían con nerviosismo, pues me parece que aún no se creían que hubieran conseguido reducir al gran y terrible Sansón.

Los que habían estado escondidos en el bosque y por toda la zona de alrededor de la casa iban surgiendo atropelladamente, dando gritos de victoria, y se sumaban a los que llevaban prisionero a Sansón.

Yo me sentía ajena a todo aquello, como si no tuviera que ver conmigo, como si no hubiera participado.

Como si Sansón no fuera Sansón y yo nunca le hubiera conocido ni me hubiera dejado amar por él.

«Que tu dios te guarde, Sansón, porque es el único que podrá hacerlo a partir de ahora», pensé.

III

Dalila dejó de oír a los soldados mientras se alejaban con Sansón y entró en la casa. Fue a su antigua alcoba y dispuso un lecho en el mismo lugar donde había estado el de su abuela, en la pared, y se acostó, arropándose obsesivamente para no tener frío. Cerraba los ojos con fuerza y quería dormir, pero la última mirada de Sansón traspasaba todas las barreras y se hacía presente con absoluta claridad. Después de dar muchas vueltas tratando de encontrar una buena postura que le facilitara acceder al sueño, se levantó enojada. Calentó vino y añadió los dos tipos de hierbas para dormir que tenía en la alacena. Cuando estuvo listo se llenó un vaso y salió afuera. Se sentó en el banco y fue bebiendo a pequeños sorbos. La tarde declinaba, hacía bastante frío y humedad. Volvió a entrar en la casa, cerró la puerta y encendió el fuego. Se sentó en la silla de Umki, con todos los mantos que encontró envolviéndola o echados por encima.

Después de un rato añadió más leña al fuego y se le ocurrió que aún quedaba una cosa por hacer. Fue a la alcoba grande. En el suelo estaban las trenzas de Sansón. Las recogió y las llevó en dos veces: cuatro trenzas la primera, tres la segunda, tanto pesaban. Volvió a la alcoba y recogió todo lo que había pertenecido a Sansón: la capa, un grueso cinturón de piel de vaca, el gran manto que le acompañaba allí donde iba, las sandalias —¡se lo habían llevado descalzo!—, unas pequeñas cuerdecillas que le servían para recogerse el pelo y que muchas veces llevaba atadas a las muñecas... Eso era todo.

Empezó por las trenzas: una a una las fue arrojando al fuego. El olor era desagradable, pero quería deshacerse cuanto antes de lo que le recordara a Sansón. Y así continuó pieza a pieza. Cuando sólo quedaban las sandalias, sonaron unos recios golpes en la puerta.

—¡Dalila! ¡Abre!

Era la voz de Jalied.

Dalila no se movió. En ningún momento había pensado en la posibilidad de que alguien viniera. Quería intentar otra vez, lo más rápidamente posible, aquello de olvidarlo todo y empezar de nuevo. Por eso estaba quemando las cosas de Sansón.

—¡Dalila! ¿Estás ahí?

Más golpes en la puerta.

—¡Abre, te digo!

Se levantó por fin, miró el fuego y seguidamente se dirigió hacia la puerta. Abrió, cruzó los brazos sobre el pecho y esperó.

—Voy a entrar —dijo Jalied—. Hazte a un lado.

Dalila no se movió.

—Qué quieres.

—Dalila, haz el favor. Vengo en nombre de los príncipes filisteos a traerte su gratitud y la recompensa que habíamos acordado. Déjame pasar.

Dalila se apartó. Jalied entró y depositó sobre la mesa cinco pesados sacos llenos de monedas, uno por cada príncipe, uno por cada ciudad filistea. Mil cien siclos de plata en cada uno, cinco mil quinientos siclos de plata en total. Una verdadera fortuna.

—Cierra la puerta y ven. Quiero hablarte.

—Ya te he oído y acepto la gratitud y la recompensa de parte de los príncipes de nuestro pueblo, a quienes deseo que los dioses concedan una larga vida, llena de prosperidad y paz.

—No entiendes las cosas, Dalila. Que cierres la puerta y vengas aquí inmediatamente. Pretendía ser una invitación, ahora es una orden.

Dalila hizo lo que se le decía y dio sólo un paso para acercarse.

—¿A qué huele aquí? ¿Qué estás quemando? —Jalied miró el fuego—. ¿Ropa? Ya veo. ¡Y las trenzas de Sansón! Esos pocos cabellos requemados es todo que queda de ellas, ¿no? Es una verdadera lástima. Hubieran sido un bonito recuerdo de una gran victoria sobre el enemigo.

Dalila no decía nada. Tenía la mirada puesta en las llamas. Jalied se sentó.

—Acércate.

Dalila así lo hizo.

—Gracias a ti voy a ser honrado por todos mis hermanos, los príncipes de las otras ciudades, los capitanes y los magistrados. Yo urdí la trama para la captura de Sansón. Por eso vine aquí personalmente. Tú eras una pieza clave, y tu intervención ha sido completamente satisfactoria. Te ofrezco...

Jalied miró a Dalila con orgullo.

—Acércate de una vez, Dalila, y siéntate aquí. Te estoy hablando de cosas importantes. No me hagas perder la paciencia —dijo, mientras acariciaba descuidadamente el puñal que llevaba colgado a la cintura.

Dalila se sentó por fin.

—No sé si quiero el dinero —dijo.

—Eso es cosa tuya. Haz lo que mejor te parezca. Hicimos un trato contigo y nosotros cumplimos nuestra parte. Como tú has cumplido la tuya.

—Di lo que tengas que decir —urgió Dalila.

—A ver si es verdad que por fin atiendes a mis palabras, Dalila.

Tomó aire y prosiguió:

—Voy a recibir gloria y honores por mi astuto plan para vencer a Sansón, porque es justo que así sea. Te ofrezco compartir toda esa honra conmigo.

Dalila no daba crédito a lo que oía. Miró a Jalied con más curiosidad que otra cosa y preguntó:

—¿Qué has dicho?

—Escucha Dalila: tú eres muy hermosa, más hermosa que ninguna otra mujer que yo conozco, y además has demostrado ser inteligente. Creo que no habría ninguna dificultad en que fueras una de mis esposas. Pero si por tu condición finalmente no fuera posible, serías mi concubina predilecta. Me acompañarías a los banquetes, a los desfiles, a los cultos a los dioses, compartiendo mi gloria por esta gran victoria que he obtenido y por las que ciertamente vendrán en un futuro.

«¡Yo he obtenido esta victoria y no tú!», pensó Dalila. «Tú sólo has tenido un golpe de suerte al localizarle, y el asunto ha llegado a buen término porque precisamente era yo quien estaba aquí y quien ha hecho el trabajo. El mérito es sólo mío, necio... ¿Y concubina, yo? No sé cuál es mi condición, como tú dices, pero no voy a pertenecerte...».

—Comprendo que te hayas quedado impresionada con mi proposición. No es para menos —dijo Jalied, sonriendo con satisfacción—. Pero espero una respuesta.

Dalila se daba cuenta de que seguía estando atrapada. No sabía si había alguna posibilidad de rechazar a ese hombre y salir indemne, pero lo intentaría. En un instante clamó a los dioses desde su corazón, incluso al Dios de Sansón, que parecía ser diferente a los otros y más poderoso; clamó sin pronunciar palabra. Sólo con el pensamiento. Entonces habló:

—Oh, gran Jalied, príncipe entre los filisteos. Tu generosidad es grande y me siento muy honrada por tu distinción. Pero...

—Pero qué —interrumpió bruscamente Jalied, intuyendo la negativa.

—Sé que no merezco...

—Podría tomarte ahora mismo, y no tendría que dar explicaciones a nadie.

Le salía fuego por los ojos.

—Lo sé.

—Y podría llevarte conmigo como sierva para usarte y destruirte a mi antojo.

—Pero no lo harás —apuntó Dalila, intentando imprimir firmeza a su voz.

—¿Y por qué no lo haré, si puede saberse?

—Precisamente porque una acción así empañaría a los ojos de todo el pueblo filisteo y de sus príncipes la victoria que acabas de obtener, pues no se comprendería tal ingratitud respecto a la mujer que te ha facilitado el triunfo sobre Sansón. Y tu gloria se vería empañada... para siempre.

Dalila no tenía nada más que decir. Deseaba con todo su corazón que aquel intento por librarse de Jalied no fuera vano... porque sabía que no tenía ninguna otra opción.

El príncipe permaneció sentado unos momentos, sopesando lo que acababa de escuchar. Entonces, levantándose, dijo:

—Sé que te arrepentirás de no haber aceptado mi magnánimo ofrecimiento, pero comprendo que los acontecimientos del día pueden haber confundido tu mente. De todos modos, ésta era tu única oportunidad. Cuando cambies de parecer, ya será tarde.

Se dirigió a la puerta y salió, dejándola abierta. Dalila escuchó alejarse por fin las pisadas de Jalied y de varios soldados más.

IV

Una mañana, cinco días después, Dalila oyó que alguien golpeaba suavemente a la puerta.

—¡Dalila! ¡Dalila! ¡Soy Qala! ¡Ábreme, por favor!

Abrió la puerta, despeinada, con grandes ojeras, envuelta en un viejo manto.

—¡Dalila, por todos los dioses! Tú no estás bien —y diciendo esto, Qala tomó a su amiga y la empujó delicadamente hacia adentro.

Buscó agua y, al no encontrar, salió diciendo:

—No te muevas de ahí; ahora vuelvo.

Trajo un gran cántaro lleno desde su casa, y le hizo beber.

—Gracias, Qala. Tenía mucha sed —dijo Dalila, con los labios resecos.

Qala tomó una olla y empezó a calentar parte del agua; mientras tanto se dedicó a peinar a Dalila, desenredando y recogiendo en una trenza su larga cabellera. Luego introdujo un paño en el agua caliente y empezó a asearla. Dalila se dejó hacer. Qala consiguió que se cambiara las ropas, ayudándola a ponerse una gruesa túnica limpia de color calabaza.

Buscó algo de comer. Sólo encontró frutos secos y obligó a Dalila a comerse unas pocas pasas. No había pan, ni leche, ni hortalizas. Los huevos debían estar sin recoger desde hacía varios días. Dalila necesitaba ayuda.

—Dalila, vendré a cuidar de ti. Medi me ayudará. Estás enferma. Voy un momento a mi casa, pues debo amamantar a mi niña pequeña. Hemos tenido otra hija, Dalila. Pero volveré enseguida.

Qala se acercó por detrás a Dalila, que estaba sentada junto al fuego. Puso las manos sobre sus hombros y le dijo:

—Dalila. Has sido muy valiente. Todos estamos muy orgullosos de ti.

—¡Calla!

Dalila miró las sandalias de Sansón, que todavía estaban allí.

—Alguien debería llevárselas. Le podrían servir.

Qala prefirió callar. Dio de beber más agua a Dalila, la arropó y salió.

Volvió al cabo de unas horas, y encontró a Dalila tal como la había dejado, sentada junto al fuego que se apagaba por momentos.

—Dime qué han hecho con él —dijo Dalila en cuanto la oyó entrar.

Y como Qala no respondía, insistió:

—¿Qué le han hecho? ¿Está vivo?

—Sí, Dalila. Está vivo. Lo llevaron a Gaza y lo encarcelaron —dudó un momento antes de proseguir—. Dicen que le tienen atado con gruesas cadenas moliendo trigo.

—Pobre Sansón, sin poder caminar por los campos, por los montes... y sin sandalias...

Qala guardó cuidadosamente en el fondo de uno de los grandes arcones de la alcoba los cinco sacos con monedas que estaban todavía encima de la mesa. Los escondió con habilidad debajo de cajas, ropas y otras pertenencias de Dalila.

Durante muchas semanas Qala atendió diariamente a Dalila, que poco a poco fue reponiéndose. Sin embargo fue Medi, más que nadie, quien ayudó a su recuperación. Su circunspección los primeros días, sin hacer ruido para no molestar a Dalila, su diligencia en cumplir los encargos de su madre. En una ocasión trajeron a la pequeña Lena para que la conociera, pero Dalila apenas hizo caso.

Lentamente Dalila comenzó a participar en las tareas de su casa y a valerse por sí misma. Y Medi comenzó a hablar, a contarle anécdotas, pensamientos, impresiones... Lo cierto es que llenaba de alegres sonidos aquella triste casa. Una mañana, mientras Dalila recogía una ristra de cebollas y una cabeza de ajos secos de los que había colgados en la pared de madera del corral, Qala comenzó a cantar desde la casa. Enseguida le acompañó Medi, con su fina voz de niña. Era una antigua canción filistea, que Qala había aprendido en Asdod, traída con toda seguridad por aquellos antepasados que habían vivido al otro lado del mar. Hablaba de un barco, de gaviotas y de un navegante que añoraba a una bella mujer. Dalila dejó caer lo que tenía en las manos, cruzó los brazos, intentando abrazarse por los hombros... y comenzó a cantar también, meciéndose suavemente allí de pie, en medio de las hierbas que crecían con vigor intuyendo la llegada de la primavera.

—¡Mamá! ¡Dalila está cantando! ¡Mamá! ¡Dalila se sabe la canción!

Fue corriendo a abrazarla, y Dalila le acarició el pelo mientras cantaba y lloraba. Y Qala se acercó, y sonreía y lloraba también.

—¡Querida Dalila! ¡Me alegro de que ya puedas cantar! Y abrazó a las dos.

10

Numar

I

Dalila madrugó. Se acercaba el verano y le encantaba la atmósfera que se respiraba justo antes de salir el sol, cuando todos los gallos del valle daban la señal del comienzo de un nuevo día. El ambiente fresco a esa hora de la mañana invitaba a echar fuera el sueño del cuerpo y a comenzar con brío las tareas de la jornada. Los pájaros iniciaban tímidamente sus cantos en plena noche, pero cuando ya clareaba cantaban con toda su energía, todos a la vez y cada cual su melodía, aportando cada día la música para una nueva mañana.

Preparó en un cesto los huevos que tenía recogidos para llevárselos a Qala. Ella se quedaba unos cuantos y los otros, a través de Finei, a veces los vendía en la aldea, así como algunos de los frutos silvestres del valle que últimamente Dalila también recogía por llenar su tiempo con ocupaciones.

Hacía algunas semanas que Qala ya no atendía a Dalila, pues la vida había vuelto a ganar la batalla, esta vez a la culpa y a la melancolía. Cada día, de nuevo, Dalila pasaba por la casa de su vecina. La hermana pequeña de Finei estaba allí, ayudando en los quehaceres, de modo que Dalila podía entretenerse tranquilamente con Medi y con los pequeños. Se preguntaba por qué los dioses no le habían concedido hijos y se respondía que quizá porque una persona perversa y traidora como ella no sería una buena madre. El niño de Qala, Jabil, tenía dos años y hacía reír a todos con sus medias palabras y con sus travesuras, que mostraban la inteligencia que los dioses conceden a los humanos desde el momento en que nacen.

El último día que Qala fue a cuidar de Dalila, a principios de primavera, quiso hablar con ella y abrirle su corazón.

—Dalila —le dijo—. Quiero que me escuches. Veo que la salud ha vuelto a tu cuerpo y a tu alma, y ya no me necesitas, así que no vendré a ayudarte cada día como hasta hoy. Pero te ruego que me permitas venir a visitarte como amiga, como quien quiere compartir los avatares de la vida con alguien a quien su corazón ama.

—¡Pero qué dices, Qala! ¡Ésta es tu casa! ¿Cómo podría ser de otra manera? Mi corazón te está muy agradecido por todo lo que has hecho siempre por mí, especialmente en los momentos más duros y difíciles...

—No, Dalila... Yo... te ruego que me perdones...

—¿Cómo dices?

—Sí, te ruego que me perdones... porque te dejé cuando creías que Sansón había muerto y todo el tiempo que estuvo contigo después.

Los ojos se le llenaron de lágrimas.

—Al principio, Finei me convenció de que no merecías nuestro trato, pues Sansón era enemigo de nuestro pueblo. Después yo misma estaba asustada con tanto soldado por la zona.

Qala se detuvo. Continuó:

—Ya sé que esto sólo son excusas. Perdóname, te lo suplico. Ahora entiendo que cuando un corazón queda ligado a otro, nada debe interponerse. Y aún en el caso de situaciones... complicadas, una amiga debe estar ahí, al lado, dando apoyo, fuerza, y guía si es necesario.

—Gracias... —murmuró Dalila, con los ojos húmedos por unas lágrimas que querían brotar.

—Cuando vine este invierno a tu puerta, pensé que quizá no me recibirías. Al ver cómo te encontrabas, di gracias a los dioses porque se me permitía expiar mi culpa cuidándote y ayudando en la casa. Y fui consciente de que de la misma manera, cualquier día podía ser yo quien estuviera en apuros, o sola, o enferma... y que si esto ocurriera me gustaría que alguien me tendiera una mano y me ayudara a salir adelante...

—Qala... no digas más... Gracias...

Dalila y Qala se habían abrazado aquel día.

Transcurrieron algunas semanas y se instaló la primavera. Dalila pasaba muchas horas cavilando. Pensaba que la vida le había quitado a todos los suyos, incluso a Numar, que se avergonzaba de ella, pero le regalaba a Qala y su familia. Y sentía su espíritu casi reconciliado con el mundo.

Una tarde, al volver Finei de la aldea con su carro, traía una novedad. Dalila y Qala estaban sentadas a la sombra que ofrecía la casa mientras pelaban puerros para preparar la cena.

—Hola —dijo Finei. Se veía que quería decir algo más y que estaba escogiendo las palabras más oportunas para hacerlo—. Va a haber una fiesta... en Tel Qalin, en el templo de Dagón. También acudirán los sacerdotes de Baal-zebub y Astarté. Será en la última luna nueva de esta primavera, para ofrecer sacrificios al dios por haber entregado al enemigo en nuestras manos.

Dalila se detuvo. Alzó los ojos y preguntó, con la voz ahogada repentinamente:

—¿Por Sansón? ¿Va a estar Sansón en la fiesta?

—Es por el triunfo sobre Sansón, sí. Y supongo que estará, en algún momento al menos. Me temo, sin embargo, que no será un espectáculo agradable de ver, Dalila.

—No, claro que no.

Dalila no dijo más, y continuó con lo que hacía, con una concentración a todas luces innecesaria...

II

Desde el banco pude ver que un destacamento de soldados salía del templo. Momentos antes se había producido un griterío espectacular y los cuernos habían sonado durante un breve instante. «Quizá van a buscar a Sansón», pensé.

Hasta mí llegaba la música de instrumentos de cuerda y flautas, y las voces, las risas y las carcajadas de los asistentes. El interior del templo estaba abarrotado y en la terraza superior había una gran multitud. Unas tres mil personas, supe después, sólo en la inmensa terraza. Y en el exterior, por todo el recinto, una gran cantidad de personas tomaba el aire y bebía vino. Era sin duda una gran fiesta.

Miré al cielo. Algunas de aquellas finas nubes habían abierto claros —siempre pasan las nubes, nunca permanecen mucho tiempo en un lugar— y pude contemplar las estrellas. ¡Cuántas de ellas cabían en un pequeño trozo de cielo!

Regresó el destacamento de soldados que había visto partir un rato antes, esta vez rodeando a un hombre, que caminaba muy encorvado y que se dejaba conducir por un niño, arrastrando pesadas cadenas que le sujetaban los tobillos y las muñecas. Sentí una punzada en el corazón, que se me encogió en el pecho. Me puse de pie con un gran esfuerzo, como si mis huesos se negaran a desplegarse, y contemplé a aquel Sansón, sin duda alguna vencido por sus enemigos. Lloré. Lloré con grandes gritos y sollozos que nadie oyó: Sansón no sólo caminaba encorvado como un anciano, sino que se le veía mucho más delgado; no llevaba la cabeza rapada como la última vez que le había visto, porque ya le había crecido el cabello y llevaba la melena recogida en una única guedeja; pero su aspecto era lamentable, y le costaba mucho moverse con aquellas enormes cadenas lastrando su caminar.

Al ver a Sansón acercarse, todos los presentes comenzaron a gritar y un clamor indescriptible resonó desde el templo hasta las colinas y llegó, seguro, al mar. Yo permanecí aún mucho tiempo afuera, sentada de nuevo en el banco, sin decidirme a entrar en el templo.

Finalmente me levanté y caminé hacia el gran pórtico. Estaba profusamente iluminado, pero el interior del templo aún lo estaba mucho más. La fiesta seguía y parecía que ya se habían olvidado de Sansón después de haberle golpeado, escupido, obligado a bailar... Algunos reían todavía de lo que le habían visto hacer y lo comentaban como si fuera un logro personal.

En un principio no vi dónde le tenían. Cuando le localicé, entre las columnas centrales de la nave, me acerqué despacio, en línea recta, sin desviarme en mi camino esperando que los demás se apartaran, temiendo y temblando. Llegué frente a él. Y permanecí quieta, a unos tres o cuatro codos de distancia, viendo su rostro desfigurado, sin aquellos ojos que tiempo atrás me habían acariciado con dulzura y suplicado cariño. Ya nadie le importunaba. Un muchachito permanecía cerca de él, el mismo sin duda que le había guiado hasta el lugar.

A día de hoy no sé cómo Sansón pudo saber... pero lo cierto es que, al cabo de un rato, pronunció mi nombre. Quizá fue porque nadie se detenía a mi alrededor y se creó un vacío de voces, tal vez fue mi perfume que él conocía, quizá hice algún sonido con la garganta que me delató. No lo sé. Pero Sansón me llamó.

—Dalila...

Esperó una respuesta que yo no podía articular, pues mi voz se hallaba detenida por la culpa y la pena que sentía en ese momento.

—Dalila... ¿estás ahí?

—Sí, Sansón... —dije al fin, esperando recibir una descarga de su ira de un momento a otro. Pero no fue así. Había levantado la cabeza, dirigiendo su oído derecho al lugar de donde procedía mi voz.

—¿Sabes, Dalila? Fuiste lo último que vi...

Yo era incapaz de decir nada. ¿Por qué no me insultaba? Aunque encadenado, podía perfectamente intentar golpearme y conseguirlo. ¿Qué le habían hecho? Me fijé que llevaba puestas sus sandalias.

—¿Quién te trajo las sandalias, Sansón? Porque son las tuyas...

—Un mercader de vasijas... supuse que había sido Finei...

«¡Qala!»

Volví a contemplarle.

«Lo siento, Sansón. Lamento hasta donde no puedes ni imaginar todo esto. Perdóname...».

Lo decía mi corazón, pero mi boca no se atrevía a pronunciarlo: Sansón no podría creerme... y jamás podría perdonarme.

—Dalila... —continuó. Creo que encontraba consuelo al pronunciar mi nombre: debió darse cuenta de que no venía a burlarme de él ni a alegrarme de su desgracia—. Dalila. Todo esto que ha ocurrido es porque fui infiel, descubriéndote el secreto entre mi Dios y yo.

En ese momento vi cómo se irguió su cuerpo, alzándose cuan largo era. Llamó al muchacho, diciendo:

—¡Chico! ¡Ven! ¡Pon mis manos sobre las columnas, una mano en cada una de ellas!

Entonces le oí decir, mientras elevaba su rostro al cielo:

—Señor Dios mío, te ruego que te acuerdes de mí ahora y me des fuerzas solamente esta vez, para que tome venganza en tu nombre sobre estos filisteos por mis dos ojos.

Y exclamó, casi al momento, dirigiéndose a mí:

—¡Dalila! ¡Sal de aquí! ¡Vete! ¡No te demores ni un instante!

Y como yo permanecía allí quieta sin comprender, al percatarse, volvió a decirme:

—¡Vete, Dalila! ¡Vete ya!

Entonces giré en dirección a la puerta, y mientras lo hacía oí aún su voz exclamando:

—¡Muchacho!

No pude oír nada más. Llegaba yo a la salida del templo cuando oí como un trueno. No me volví para ver lo que ocurría, sino que comencé a correr. Ya en el paseo de las columnas oí un gran estruendo y gritos de pánico: el templo se venía abajo. Lamentos y gemidos y piedras aún cayendo era lo que escuchaba cuando tomé el camino que bajaba por la colina al salir del recinto. Corrí y corrí, tropezando y levantándome muchas veces, pues estaba muy oscuro y yo estaba agotada...

III

Amanecía. Hacía frío en la playa. Dalila sólo llevaba el vestido azul de la fiesta y tiritaba. Había oído a lo lejos el movimiento de los supervivientes y de los que atendían a los heridos.

«Sansón. El dios de Sansón, que le concede otra oportunidad. Sansón que, incomprensiblemente, perdona. Me perdona. El dios poderoso de Sansón que atiende el ruego de su siervo. Sansón que me salva. Me salva después de haberme perdonado. El dios de Sansón que le perdona. Sansón que me regala la vida sin el tormento de la culpa, pues primero me perdona...».

Era todo lo que Dalila conseguía pensar. De manera repetitiva su corazón y su mente le mostraban estas realidades. Entonces se le acercó un muchacho.

—¿Eres Dalila? Sansón me ha pedido que cuide de ti. Te traigo una capa, debes tener frío.

Dalila se dejó cubrir con el manto. Era el muchacho que había sido los ojos de Sansón en su ceguera.

—Debiste ser bueno con él, si te ha perdonado la vida.

El chico se encogió de hombros y no dijo nada.

—¿Cómo has salido de allí? No te dio tiempo —observó Dalila, después de un rato.

La playa se inundaba de luz por momentos.

—En la parte de atrás había otras puertas —respondió el chico—, las que usan los sacerdotes para salir y pasar a sus aposentos. Usaban... Ahora allí no queda casi nada en pie. Sansón se inclinó con toda su fuerza sobre las columnas, y gritó: «¡Muera yo con los filisteos!» Y todo se vino abajo.

El muchacho se levantó después de un rato, cuando ya era de día, y Dalila le siguió. Vivía en una cabaña a las afueras de Gaza, con su vieja madre inválida. Accedió a dormir allí aquella mañana, pero quiso regresar a su casa del valle.

—Estaré bien, no te preocupes por mí. Gracias por todo. Sólo te pido un último favor. Te recompensaré. Dime lo que hacen con Sansón, con su cuerpo... si es que queda algo de él; házmelo saber, muchacho.

Y una vez dadas las señas de su casa, marchó. No quiso acercarse a la casa de su niñez en la muralla. No ese día. Temía por Numar. Quizá había perecido también. Ella no le había visto en la fiesta, pero era muy probable que hubiera estado allí. En realidad, no había visto a nadie: ni a Jalied, que evidentemente sí que estuvo junto a los otros príncipes, ni a Yahira... Ni a Ainod ni a Rigat. Sólo había visto a Sansón.

IV

Un mediodía, a los dos días de los sucesos en el templo de Dagón, apareció por el camino de la casa de Dalila el muchacho que había atendido a Sansón durante los días de su encarcelamiento.

—Han venido sus parientes en gran número a recoger su cuerpo para enterrarlo en el sepulcro de sus padres. Se le reconocía, a pesar de todo, porque llevaba atadas las cadenas.

Dalila le entregó doscientos siclos de plata en un saquito y el chico marchó muy contento por el pago desproporcionado que había recibido a cambio de su servicio.

Al poco rato, recogió su saco con las pocas cosas que quería llevarse: algunas ropas, los platos de Umki, el casco y la pequeña espada de su padre, el manto de Numar... y los sacos de monedas. Y algo de comida para el camino. Dio una última mirada a la casa, al patio, al viejo granado... al valle y a los montes. Sin nostalgia. Y se dirigió a casa de Qala. Ésta la esperaba en el camino.

Dalila le había comentado cuál era su intención, así que al ver pasar al muchacho, supuso que de Gaza, supo que ya se marchaba. Lloraron las dos, abrazadas por última vez.

—Te echaré de menos. Y a los niños. A todos.

—Y yo a ti, amiga mía. Cuídate mucho. Y si las cosas no salen como tú esperas, vuelve. Ésta es tu casa —dijo Qala.

Dalila buscó entre sus cosas y puso en las manos de su amiga uno de aquellos sacos que había recibido de los príncipes filisteos.

—¿Qué haces? No, no. Tú lo necesitarás mucho más.

—No, Qala, es para ti. Así, mientras dispongas de cada uno de estos siclos de plata, te acordarás de mí.

—¡Siempre te recordaré!

—Los dioses te... Dios te guarde y te bendiga siempre.

Y llorando ambas, se separaron.

Ya era muy avanzada la tarde cuando Dalila llegaba a Gaza. Divisó sus murallas cuando el sol las calentaba sin piedad, pero al acercarse a la puerta de la ciudad cercana a su antigua casa, ya había sombra por ese lado. De todos modos, todo a su alrededor reverberaba calor: las calles, las casas, los pequeños muros. Llegó al patio donde la higuera que había dado sombra a su madre estaba llenándose de frutos prometedores. La puerta del patio estaba abierta, así que entró.

—¿Hola? ¿Hay alguien en la casa?

Al instante salió Numar, sorprendido de ver allí a su hermana.

—Me alegro de ver que estás bien —dijo Dalila—. ¡Temí que hubieras perecido en el templo!

—No fui a la fiesta.

—Pensé que serías de los que celebraría con más entusiasmo el triunfo sobre...

—Pues no —cortó con suavidad—. He estado pensando mucho... Pero ven, pasa. Te traeré agua fresca.

—Te lo agradezco, Numar.

Entraron. Dalila dejó su bolsa recostada en la pared. Se sentó mientras esperaba a Numar. El muchacho dejó un vaso lleno de agua y una escudilla con pan y queso sobre la mesa, y también se sentó. Dalila bebió con avidez.

—¿Has visto la higuera de mamá? Está cargada de higos. Éste será un buen año... —dijo Numar.

—Sí, me he fijado antes de entrar.

—Dalila, ¿recuerdas cuando de niños trepábamos al árbol y la abuela nos buscaba? Mientras ella hacía ver que no nos encontraba nosotros nos reíamos sin hacer ruido allá arriba, escondidos por las hojas mientras nos abrazábamos a las ramas...

—Claro que me acuerdo, Numar. Fuimos bastante felices mientras éramos niños, a pesar de todo.

—La vida es cruel —dijo el muchacho después de una pequeña pausa—. Nos lo arrebata todo.

Hubo unos instantes de silencio. Dalila habló de lo que su padre le había contado de su amor por Samai. Numar escuchaba atentamente, mirándole a los ojos. Cuando terminó, Dalila dijo:

—Quería contártelo, Numar, para que sepas que el amor verdadero existe. Quizá no todos seremos afortunados con este gran don divino, pero existe. No soy quién para decirte cómo debes conducirte en la vida. Yo soy muy torpe en esos menesteres precisamente. Pero si amas, hazlo de todo corazón, entregando el alma. Y si no puedes amar así, quizá sería mejor decirlo, porque no es bueno engañar a nadie: acaba por destruirte a ti mismo.

Después de una pausa, Numar preguntó:

—Dalila: ¿amabas a Sansón?

Se miraban a los ojos. Dalila suspiró.

—Fui una necia, Numar, fui una necia. Ha sido el único hombre que me ha amado de una manera incondicional y desinteresada... Y yo fui la causa de su perdición... No sé si las cosas hubieran podido suceder de una manera muy diferente... pero yo no debí traicionarle.

Dalila había terminado de hablar mirando el suelo.

—Dalila, ¿podrás creerme si te digo que no fui a la fiesta por ti? No tengo a nadie más en el mundo salvo a ti. Y pensé que no te gustaría ver a Sansón humillado y escarnecido... a pesar de... de todo lo que pasó. Así que, en tu nombre, no fui...

—Y eso te salvó la vida, además.

Dalila se calló un momento y añadió:

—Gracias, Numar.

Paseó la mirada por las paredes, intentó ver a través de las puertas y por un momento se sintió en un tiempo que ahora se evidenciaba muy lejano.

—Yo sí que estuve en la fiesta, Numar. Necesitaba ver a Sansón. No me mires así. Me sentía tan culpable... Pensé que verle tal como yo había hecho que fuera sería un castigo de por vida para mí... Pero, escúchame bien, escucha porque esto es casi increíble: Sansón me perdonó. ¡Me perdonó, Numar: Sansón el vengativo, me perdonó! Y me salvó la vida...

—Dalila. Todo esto que ha ocurrido aquí es muy extraño. Un hombre solo que vence a todo un dios en su propio templo...

Permanecieron en silencio, cada uno cavilando sus propios pensamientos hasta que Dalila se levantó y fue a tomar la bolsa que había llevado consigo. Primero extrajo el casco de Ikasu, y lo depositó sobre la mesa.

—Es mejor que lo guardes tú. Si te parece bien yo me quedaré con su puñal de asalto.

Luego sacó el manto que le había comprado Umki cuando Numar, el niño, en cuestión de pocas semanas pasó a tener la longitud de un hombre. Y finalmente la vasija con cabeza de ave.

—¡No me acordaba de esto! —dijo Numar tomando el plato cuidadosamente—. Tú tienes el tuyo, ¿no?

—Sí, lo llevaré conmigo.

—¿A dónde vas, Dalila? ¿Te vuelves al valle?

—No.

—¿Entonces?

En la frente de Numar se dibujó la preocupación y la sorpresa.

—Necesito saber si ha partido ya la familia de Sansón que ha venido a llevarse sus restos.

—¿Cómo? ¿Qué pretendes hacer?

Dalila tomó otro de los sacos lleno de monedas y lo dejó en el suelo, cerca de la pared. Finalmente volvió a sentarse y, con las manos sobre el manto de Numar, comenzó a acariciar la tela con delicadeza.

—No sabría explicarlo. Sé que me sería muy duro vivir aquí. Y me ahogaría. Conozco ese sentimiento demasiado bien como para saber anticipármelo. Sólo en un lugar veo un atisbo de esperanza. Sansón me habló de Rahab, una mujer de Jericó que se aferró con toda su alma a ese único rayo de luz... Yo quiero hacer lo mismo.

—No sé muy bien qué me estás queriendo decir, Dalila.

—Que marcho lejos, y que quizá no volveremos a vernos, Numar.

Ambos callaron y se miraron, comprendiéndose.

—Muchacha: no pienses, ni por un momento, que te va a ser tan fácil librarte de mí...

EPÍLOGO

Maaca

Tomé el camino por donde me dijeron que habían marchado los parientes de Sansón. Una vez di con ellos, les seguí de lejos. Anduvimos muchas horas, no se detuvieron al llegar la noche. Cuando llegaron a Zora, ya casi al alba, yo me quedé fuera de la ciudad. Busqué un arroyo, bebí, y esperé hasta que supe dónde le enterraban. Fue en el sepulcro de Manoa, su padre, entre Zora y Estaol.

Después supe que Sansón había juzgado a sus hermanos durante veinte años y que, si los filisteos se mantuvieron a raya, fue por el temor que les inspiraba. Así que, a pesar de sus flaquezas y debilidades, libró a su pueblo de los enemigos.

No me quedé allí porque me pareció mejor ir a vivir con otra tribu que no fuera la de Dan, para no dar lugar a que los parientes de Sansón decidieran tomar venganza por su hermano en mi persona. Y llegué aquí, a la tierra de Judá, la misma que acogió a Rahab dentro del pueblo, aún siendo extranjera y habiendo sido prostituta.

El resto de la historia ya lo conoces tú, hija mía. Tu padre, Jonán, fue un buen hombre que consintió en tomarme por esposa, viendo no sólo mi hermosura de aquellos días sino también mi desamparo. Él me mostró al Dios de la preciosísima promesa de liberación y paz.

El Dios de este pueblo es un Dios cercano, capaz de tejer una tela con las vidas de las personas solas y las historias de las naciones, de manera que reparte misericordia y justicia según su sabiduría y bondad. Y aunque no somos nadie, aunque somos insignificantes entre todas las gentes de todos los pueblos y mucho más delante de Él, se preocupa por cada uno de nosotros, y recibe con los brazos abiertos al corazón arrepentido que le busca. Y nunca nos deja solos y huérfanos.

Nuestro Dios no me concedió más hijos que tú, Maaca, mi pequeña niña tan mayor ahora. He dado gracias por ti todos los días desde que te supe en mi vientre hasta hoy, y le he rogado que haga resplandecer su rostro sobre ti todo el tiempo de tu vida.

Cuando en tu caminar debas tomar decisiones, hija mía, recuerda que tú también tienes la llave, la llave de tu corazón, tus palabras y tus actos. Obra con prudencia y sabiduría, y por reverencia a nuestro Dios.

Te he contado todo esto, Maaca, para que sepas cómo ocurrieron las cosas. Mis días están llenos de alegrías y pesares, de maldades y de bendiciones. Ahora se me acaban. Cuando mi alma vaya a la presencia de su Creador y Salvador, no te entristezcas, sino da gracias por todos los dones recibidos día tras día, sabiendo que volveremos a vernos en la gloria del único Dios vivo y verdadero.

El registro completo que hace la Biblia de la historia de Dalila y Sansón lo podrá encontrar en el Libro de los Jueces, capítulos 13 al 16.

Presentamos extractos de las
otras novelas de la serie de
historias apasionantes e
inspiradoras a continuación...
FEBE JORDÀ
LA LLAVE
El amor deberá estar siempre
iluminado por la luz
de la lealtad
LUIS RUIZ DOMÉNECH
Potifar
Amores a la fuerza
nunca han sido
amores de verdad
Historias apasionantes
e inspiradoras
MIGUEL ÁNGEL MORENO
Peones
Ciegos
En lo más oscuro de la batalla,
siempre brillará para ti
una luz de esperanza
Historias apasionantes
GRUPO NELSON
gruponelson.com

Peones ciegos

Diario de Arlet Laforet,
cabo del 3º ejército francés
destinado en Verdun.

4 de marzo de 1916.

Los alemanes avanzan imparables desde el norte. Hace 8 días que Fort Douaumont cayó y tenemos noticias de que Fort Vaux sufre terribles ataques. Aquí, el barro es más que agua mezclada con tierra. Está en las trincheras, por todos lados, se mete en nuestras botas, se filtra por nuestra piel.

Nuestro capitán ha sido abatido por la artillería. Su cuerpo yace semienterrado cerca de mi puesto, en la trinchera. Sólo le sobresalen las piernas y parte de la mano izquierda. Puedo ver su anillo, pero no se lo robaré. Él, la criatura de luz, me ha ordenado en sueños que no lo haga. Sé que vendrá, vendrá a ayudarnos porque ningún ejército humano puede detener a nuestro enemigo.

11 de abril de 1916

Los alemanes han tomado la cresta de le mort homme. Dudo mucho que podamos detenerlos; ganan terreno a cada momento. He visto a la criatura de nuevo. Se pasea por el campo de batalla, en medio del humo de la artillería que no se disipa. Le observo mientras camina colina arriba por la 304. Mira los restos de lo que antes fueran árboles, ahora poco más que patéticas astillas que como un montón de huesos quebrados sobresalen por el pecho herido de la tierra. Se inclina ante los muertos y clava su mirada en los ojos de los que ya no ven. Me mira. Me ha mirado.

23 de julio de 1916

Lloro mientras escribo. Él nos ha ayudado como prometió.

Los alemanes nos tenían a su disposición, mientras avanzaban desde Fort Douaumont y Vaux, entre el fuego de ametralladora y la incesante artillería, pero él me dijo que no pasarían.

Que Dios me perdone por mi falta de fe.

Me duele la piel. Creo que me ha quemado con el juicio de su espada. Toda la línea occidental de avance enemiga ha sido destruida por fuego llovido del cielo. Ha sido la ira de Dios. Algunos dicen que los británicos nos han ayudado. En un principio, yo creía lo mismo. Que Dios perdone mi falta de fe. No han sido los británicos. Los británicos vendrán mañana. Él me lo dijo antes de marcharse.

Hacía días que no llovía, pero aquella mañana del 2 de septiembre de 1939 se presentaba amenazadora. Sentado en el asiento trasero de un taxi, el teniente Thomas Campbell miraba el cielo a través de la ventanilla. A lo lejos podía ver la punta del Big Ben. El imponente reloj londinense acababa de anunciar las ocho y media de la tarde. La noche comenzaba a caer sobre la ciudad.

En la mente del teniente Campbell resonaban frescas como si las estuviera leyendo las líneas de aquel pedazo de diario que le había enviado el coronel Harrington.

-¿Lo ha oído?-. El taxista lo sacó abruptamente de sus pensamientos.

-¿Perdón? -Chamberlain. Ha dado un ultimátum a Alemania para que se retire de Polonia. Lo están diciendo en todos lados.

Thomas aparentó mostrar interés en la observación del taxista. Estaba a punto de responder cuando vio el nombre de la calle que estaba buscando.

-Doble a la izquierda en la siguiente esquina. Es esa calle.

Tras bajarse del taxi y al tiempo que se ponía el sombrero, sacó del bolsillo un pedazo de papel donde estaba escrita la dirección y una hora: 14 Beechen Road, 16:30 P.M. El número 14 podía verse desde allí.

Era una casa de 3 plantas. Las paredes eran de piedra gris oscura con ventanas blancas. El musgo había trepado desde el césped del jardín de la entrada hasta al menos medio metro en el muro de la fachada. Una escalera marmórea subía hasta la maciza puerta de roble. Todo el edificio estaba rodeado por una verja negra que parecía recién pintada.

Justo cuando estaba a pocos metros de la casa se abrió la puerta y apareció una mujer que, aparentemente sorprendida ante la amenaza de la lluvia que ya dejaba caer sus primeras gotas, bajó apresurada las escaleras rumbo a la calle.

Vestía un elegante traje color pastel que acentuaba sus contornos. Apenas se fijó en Campbell, pero éste pudo percibir como, fugazmente, unos enormes ojos azules parecieron estudiarlo de arriba abajo. El discreto sombrero de ala estrecha que adornaba su cabeza dejaba ver parte de su pelo rubio recogido, excepto un par de mechones que colgaban en pequeños tirabuzones cerca de sus ojos. Unos labios pintados de un intenso color rojo resaltaban aún más la belleza de aquella mujer que, sin perder tiempo, se marchó en un coche que la esperaba a pocos metros.

Thomas subió la escalinata y llamó a la puerta. Al momento acudió una sirvienta que lo invitó a pasar a la sala de estar, después de lo cual subió las escaleras que llevaban al segundo piso para anunciar al coronel la presencia del joven teniente.

Mientras esperaba de pie junto a una mesita en la que habían sido preparadas dos tazas de té humeante, la lluvia comenzaba a golpear en el cristal de la ventana. La pequeña sala donde se encontraba estaba decorada con muebles de estilo victoriano. El olor de la madera quemada en la chimenea empezó a producirle una extraña sensación de sueño. Un reloj de péndulo acompañaba con su rítmico tic tac el repiqueteo del agua.

Thomas se dejó llevar por sus pensamientos.

El fragmento del diario de aquel soldado francés en Verdun le parecía un completo disparate y, sin embargo, el coronel Harrington lo había invitado a su casa con algún motivo relacionado con él que no acababa de entender.

El coronel era un prestigioso oficial que había tomado parte en la batalla del Somme hacía más de 20 años. Claro que por aquel entonces solo era sargento. ¿Cómo era posible que Harrington se hubiera tomado en serio los desvaríos de aquel pobre soldado loco? Y, sin embargo, lo había hecho.

El coronel bajó las escaleras pausadamente. Thomas observaba el vapor que salía de las tacitas de té cuando le vio llegar. Se cuadró al momento.

Harrington infundía respeto y valor con su sola presencia. Era uno de esos oficiales bajo los que cualquier soldado iría confiado la guerra. Al verlo, Thomas comprendió por qué su padre había peleado codo a codo con él en el Somme. Aparentaba unos cincuenta y cinco años de edad, de piel dorada y curtida. Un grueso mostacho canoso le cubría todo el labio superior y su pelo, sin entradas y totalmente blanco, permanecía perfectamente peinado hacia atrás. Vestía un traje de color gris oscuro, pero el detalle que más resaltaba de su indumentaria eran sin duda sus guantes de piel negros. Se decía que el coronel se había quemado las manos en la batalla del Somme con una granada y que, desde entonces, siempre los llevaba puestos.

-Oh no, señor Campbell. No le he citado aquí en calidad de coronel, sino en calidad de confidente.

Thomas le estrechó la mano e intentó relajarse.

-Señor, admito que no comprendo la razón...

El coronel lo interrumpió.

-Siéntese teniente. Sé que usted no comprende nada, pero créame, yo tampoco comprendo nada.

Harrington echó una cucharada de azúcar en el té, e invitó a Thomas a que lo imitara. Se cruzó de piernas y tomó un pequeño sorbo mientras observaba por la ventana.

Afuera, la lluvia formaba pequeños riachuelos cerca de los bordillos. Un caballero cruzaba la calle corriendo mientras se cubría con un ejemplar del Daily Mirror.

-¿Cree usted en Dios, señor Campbell? –le preguntó el coronel.

La pregunta sorprendió a Thomas.

-¿Perdón?

Harrington seguía con los ojos fijos en la ventana. De pronto, su mirada pareció perderse en los hilos de agua que corrían por los cristales, como si a través de ellos pudiese ver lo que estaba a punto de narrar. Cuando volvió a hablar, lo hizo con voz ligeramente temblorosa.

-Aquella mañana era tan fría y lluviosa como ésta. La vigésima división se disponía a atacar Guillemont. A nosotros se nos había ordenado esperar en la trinchera. Era medio día. Yo tenía que vigilar mientras mis compañeros se agazapaban para comer. Entonces lo vi. Sostenía en su mano derecha una espada que refulgía como el hierro al rojo. Volaba por el cielo, delante de las tropas británicas. Me quedé mudo ante la visión. Sólo pude seguir mirando. En ese momento supe que la victoria sería nuestra. Y así fue. Guillemont cayó en nuestras manos.

Thomas se quedó atónito ante las palabras del coronel, tan parecidas a las de aquel soldado en Verdun...

Dejando su taza de té sobre la mesita, el coronel se limpió unas lágrimas que habían aparecido en sus ojos. Después, miró al teniente fijamente, como esperando una respuesta.

-¿Qué era? -dijo Thomas.

-Un ángel, señor Campbell. El arcángel Miguel, para ser exacto.

Potifar

Potifar estuvo a punto de ser sorprendido por su esposa.

Sacmis había regresado a casa unas horas antes de lo previsto y en el momento más inoportuno. Cuando un criado le dio el aviso de su presencia, Potifar creyó que se había malogrado su plan. Como era su costumbre, ella se dirigió a sus habitaciones y eso lo tranquilizó. Sin duda estaría un buen rato en la parte opuesta del palacio y lejos del jardín; de modo que continuó con lo que estaba haciendo, consciente de que no le quedaba mucho tiempo.

Mientras los cocineros preparaban los platos para la cena, los esclavos corrían por el jardín para acabar a tiempo su decoración. El joven jefe de la seguridad personal del Faraón estaba muy nervioso por temor al ridículo; no había sido buena idea asumir en persona la preparación de la fiesta de cumpleaños de su mujer. Quería darle una sorpresa y quedar bien con todos.

Por fin, al llegar la noche, cada detalle estaba en su punto. Los invitados habían cumplido a la perfección las instrucciones recibidas. Todos permanecían a oscuras sentados en las sillas del jardín sin hacer ningún ruido. No era posible sospechar que hubiera tanta gente en aquel recinto al aire libre y, como si realmente no hubiera nadie, se escuchaba el suave ruido del agua en la fuente que había en el centro.

Sacmis era una mujer joven y hermosa. Veintiocho años recién cumplidos. Tenía la piel muy morena y sus ojos eran grandes y oscuros. Más alta que la mayoría de las mujeres en Egipto, destacaba por su elegancia y delgadez que le daban un aire distante. Su manera de mirar daba la sensación de un constante examen, como si quisiera conocer los pensamientos ajenos antes que se produjeran.

Tras un breve descanso en sus aposentos y paseando su belleza por los pasillos de su casa-palacio se dirigió al jardín seguida por dos de sus sirvientas. Allí esperaba tener una cena íntima con su esposo como en todos sus cumpleaños anteriores. En realidad, le apetecía descansar pero era mejor no incomodarse con Potifar; sin embargo, procuraría que todo fuera lo más breve posible para retirarse cuanto antes. Se sentía cansada y el sueño la dominaba.

Superada la primera inquietud por los preparativos, Potifar esperaba impaciente ver la reacción de Sacmis ante la sorpresa que le había preparado con tanto esmero. Se situó de pie en la salida del jardín por la que ella accedería. Hacía mucho tiempo que no mostraba tanta ilusión por algo.

Al verla, sonrió, impactado por su exótica belleza. Se aproximó dos pasos mientras la felicitaba por su cumpleaños y le expresaba su fuerte deseo de vivir aquel momento con toda intensidad.

La besó con ternura y la abrazó con pasión a la vez que Sacmis correspondió cariñosa con muestras de sentirse muy halagada. En un momento había desaparecido el cansancio y las ganas de acabar cuanto antes con aquella cena.

—Siempre me ha impresionado tu hermosura —dijo Potifar, con una voz que más parecía un susurro—, pero esta noche estás radiante.

—Sabes cuánto me gusta lo que me dices —respondió Sacmis con una voz suave y sugerente, segura de estar sola con él—. Haces que me sienta segura y feliz a tu lado.

—He pensado mucho en ti durante tu ausencia. Los días han sido largos y las noches muy tristes. Es como si la casa se quedara sin vida cuando tú no estás.

—Tenía muchas ganas de volver a verte —contestó ella, mientras le miraba a los ojos y liberaba toda su capacidad de seducción con una fuerte carga de erotismo.

—Tu mirada me inquieta como el día en que te conocí. Hace diez años que nos casamos y por fortuna algo se alborota dentro de mí cuando me miras de esa manera. Veo profundidad y misterio en tus ojos.

—Deja algo para más tarde —dijo ella en son de broma y con una sonrisa sugerente—. Acabo de llegar y no estoy preparada para esta avalancha de galanterías.

—Bien —dijo Potifar, elevando innecesariamente la voz—. En ese caso, te propongo que cenemos.

Antes de que Sacmis entendiera el cambio brusco en la voz de Potifar, el jardín entero se iluminó con una rapidez difícil de explicar, como si todas las antorchas hubieran prendido a la vez. Sus ojos se adaptaban al caudal de luz que los envolvía y poco a poco fue descubriendo a los invitados, gente de su generación y amigos pertenecientes a la nobleza egipcia.

Sin perder la compostura, expresó su sorpresa con distinción; su rostro se iluminó con una amplia sonrisa que la hacía mucho más sensual. Quería saludar a todos los invitados a la vez aunque eso resultaba imposible. Dio un cariñoso cachete en la mejilla a Potifar y, casi al mismo tiempo, dirigió una mirada cómplice a Totmes que estaba allí, de pie, junto a ellos.

Totmes era su amigo de la infancia. Con él había vivido casi todas sus aventuras infantiles y de adolescencia. Siempre fue su confidente y consejero, como si se tratara del hermano mayor que le hubiera gustado tener. Había pocas cosas de ella que Totmes no conociera. Por fortuna, había aceptado de buen grado su relación con Potifar desde el principio, incluso se habían hecho amigos entre ellos. Se sentía de verdad feliz por tener a su lado a aquellos dos hombres tan importantes para ella.

Parecía como si el jardín hubiera desaparecido: la decoración preparada por Potifar y Totmes así como la presencia de los invitados habían ocultado de la vista los abundantes granados y también los sauces que tanto le gustaban. El lugar estaba irreconocible con una ambientación distinta de la habitual, En ese momento percibió el frescor de la noche en su piel, lo que contribuía a aumentar su bienestar.

De pronto, se llenó el ambiente con sonidos más que agradables de sistros, arpas y címbalos de metal. Irrumpieron gran cantidad de bailarinas que se movían insinuantes al son de las melodías, mientras podía contemplarse su desnudez casi total. La combinación de la técnica tan depurada en las exóticas danzas y la juventud de aquellas mujeres impregnaron el ambiente de esplendor y gran erotismo.

En medio de tal espectáculo, Potifar y Sacmis ocuparon sus sillas presidenciales en el lugar más destacado. A continuación, la música se hizo más lenta y suave, las danzarinas se retiraron, los camareros hicieron acto de presencia y los invitados iniciaron conversaciones entre ellos. Mientras ella se recuperaba de la sorpresa, Potifar la miraba feliz, seguro de lo mucho que su mujer disfrutaba con estas cosas.

Eran más de setecientos asistentes, atendidos por una legión de esclavos seleccionados por su experiencia en anteriores celebraciones de este tipo y que contribuían a hacer cómoda la estancia de cada uno de ellos en la fiesta. No podía fallar nada. Todo tenía que salir a la perfección. Potifar estaba obsesionado con impresionar tanto a su esposa como a sus amistades. El menú estaba compuesto por queso de cabra, costillas de buey, pepinos y lechuga, un muy bien presentado pastel redondo de miel, y galletas de espelta. Todo ello acompañado de abundante cerveza dulce y vino de los oasis.

Totmes, sentado junto a Potifar en la mesa presidencial al lado opuesto de la protagonista, conversaba con él durante la cena:

—Creo que has tenido un gran acierto al organizar esta fiesta sorpresa a Sacmis —le comentó, sin que fuera posible percibir sus verdaderos pensamientos—. Ella valora mucho todas y cada una de tus reacciones y gestos.

—Te agradezco —respondió Potifar, tras haberle escuchado atentamente— toda tu desinteresada colaboración. Sin ti no hubiera sido posible todo este montaje. Ya sabes que yo me desenvuelvo muy mal en estas cosas.

—Puedes contar conmigo para cualquier cosa que contribuya a su bienestar y alegría. Sabes de la sincera amistad que nos une desde que éramos niños.

—Totmes, ¿cómo has conseguido una orquesta de tanta calidad y esas bailarinas tan jóvenes y hermosas?

—No me lo agradezcas todavía. Los músicos y las chicas quieren cobrar esta misma noche, y eso lo he dejado en tus manos. Todo lo bueno es caro, pero ¿no crees que tu mujer merece lo mejor?

—No te preocupes por nada de eso. Mi máxima aspiración es que ella esté muy contenta en el día de su cumpleaños. Últimamente la he visto algo preocupada por sus dificultades para ser madre.

—¿Qué cosas estáis comentando a mis espaldas? —dijo Sacmis, medio en broma—. No está bien dejar a una señora sola en la mesa presidencial en la mismísima fiesta en su honor.

—Intentaba encontrar palabras para expresar lo feliz que soy a tu lado —dijo Potifar, con una amplia sonrisa en los labios.

Sacmis exhibía su gran alegría al tener en su fiesta representantes de las familias más distinguidas de la nobleza egipcia. Podía ver a muchos de ellos que tiempo atrás manifestaban su rechazo en cuanto a la condición de extranjero de su esposo porque no toleraban que fuera el jefe de la guardia de Faraón. Estaba segura de que a estas alturas ya habrían asumido esta realidad, o quizá habían aprendido a disimular su rabia. Cualquiera de las dos posibilidades la satisfacía mucho. Sabía que podía fiarse solo de algunos pero eso no le preocupaba ya que confiaba en su capacidad para navegar en aguas turbulentas.

www.ingramcontent.com/pod-product-compliance
Ingram Content Group UK Ltd.
Pitfield, Milton Keynes, MK11 3LW, UK
UKHW031126120325
456135UK00006B/94

9781602551022